失格紋の最強賢者12
～世界最強の賢者が更に強くなるために転生しました～
著 進行諸島
ill. 風花風花

毎日満員御礼だし、
どんどんお店を広げよう！
ずいぶん繁盛してるみたいだな。
――ルーマ店主？
!?

そ、その声は
ひょっとして…
ええー!?
全部バレて
たの～!?

!?
aAaaaaaaa
大地を揺るがす爆音とともに
迷宮の入り口が崩壊した瞬間――
サイクロプスを筆頭に、大量の魔物があふれ出した。

GuAaaAaa!!

そこだッ!!

さっきまで傷一つつかなかった
「クリスタル・デバウアー」の体が――
豆腐でも切るかのように、
なめらかに切断される!!

Contents

失格紋の最強賢者
～世界最強の賢者が更に強くなるために転生しました～

Shikkakumon no Saikyokenja

失格紋の最強賢者

～世界最強の賢者が更に強くなるために転生しました～

Shikkakumon no Saikyokenja

しっかくもんのさいきょうけんじゃ

12

著 進行諸島

illust 風花風花

Story by Shinkoshoto

Illustration by Kazabana Huuka

character

アルマ
=レプシウス

親に結婚相手を決められるのが嫌でルリイとともに王立第二学園に入学した少女。「第二紋」の持ち主で、弓を使うのが得意。

ルリイ
=アーベントロート

王立第二学園に入学するためアルマと一緒に旅してきた少女。魔法が得意で魔法付与師を目指している「第一紋」の持ち主。

マティアス
=ヒルデスハイマー

古代の魔法使いガイアスの転生体。圧倒的な力を持つが常識には疎い。魔法の衰退が魔族の陰謀であることを見抜き、戦いを始める。

グレヴィル

古代の国王。現世に復活し無詠唱魔法を普及すべく動く。一度はマティアスと激突するが目的が同じと知り王立第二学園の教師となる。

ギルアス

三度の飯より戦闘が好きなSランク冒険者。マティアスに一度敗れたが、その後も鍛錬を続けて勝負を挑んでくる。

イリス

強大な力を持つ暗黒竜の少女。マティアスの前世・ガイアスと浅からぬ縁があり、今回も（脅されて？）マティアスと行動を共にする。

エイス
=グライア四世

マティアスたちが暮らすエイス王国の国王。マティアスの才を見抜き、様々なことで便宜を図りながらエイス王国を治める実力者。

エデュアルト

王立第二学園の校長。尋常でないマティアスの能力に驚き、その根幹となる無詠唱魔法を学園の生徒たちに普及すべく尽力する。

ガイアス

古代の魔法使い。すでに世界最強であったにも関わらず、さらなる力を求めて転生した。彼は一体どこを目指しているのか……。

ビフゲル
=ヒルデスハイマー

いろいろと残念なマティアスの兄。己の力を過信してマティアスのことを見くびっては、ドツボにはまる。

紋章辞典 Shikkakumon no Saikyokenja

◆第一紋《栄光紋》えいこうもん

ガイアス（転生前のマティアス）に刻まれていた紋章で、生産系に特化したスキルを持つ。武具の生産だけではなく、食料に関する魔法や魔物を避ける魔法など、冒険において不可欠な魔法にも長けているため、サポート役として戦闘パーティーにも重宝される。初期状態では戦闘系魔法の使い手としても最強の能力を誇るが、その後の成長率や成長限界が低いため、鍛錬した他の紋章の持ち主には遥か及ばない（ガイアスを除く）。ガイアスのいた世界では８歳を過ぎる頃には他の紋章に追いつかれ、成人する頃には戦力外になっていたが、現在の世界（マティアスの転生先の世界）では魔法レベルが前世の８歳児よりも低いため、依然として最強の紋章として扱われていて、持ち主も優遇されている。

第一紋を保有する主要キャラ：ルリイ、ガイアス（前世マティアス）、ビフゲル

◆第二紋《常魔紋》じょうまもん

威力特化型の紋章で、初期こそ特筆すべき点のない紋章だが、鍛錬すると使役する魔法の威力が際限なく上がっていくため、非常に高火力の魔法が放てるようになる。ただ、威力が高い代わりに、魔法を連射する能力はあまり上昇しない。弓などに魔法を乗せて撃つことで、貫通力や威力をさらに上げることができる。他の紋章でも同じことは可能だが、射程距離や連射速度について、第二紋の持ち主には遠く及ばない。現在の世界においては、持ち主はごく普通の人物として扱われている。

第二紋を保有する主要キャラ：アルマ、レイク

◆第三紋《小魔紋》しょうまもん

連射特化型の紋章で、初期状態では威力の低い魔法を放つことしかできないが、鍛えることで魔法の威力と連射能力が上がり、一気に畳みかける必要がある掃討戦などにおいて高い力を発揮することができるようになる。現在の世界では紋章の種類によって連射能力の変わらない詠唱魔法を使うことが主流になっているため、その特性を正当に評価されず、第四紋《失格紋》ほどではないが、持ち主は冷遇されている。第二紋の持ち主のように弓に魔法を乗せることも可能だが、弓に矢をつがえて撃つまでに掛かる時間が魔法が発動するより長いため、実用性はやや低め。

第三紋を保有する主要キャラ：カストル

◆第四紋《失格紋》しっかくもん

近距離特化型の紋章で、魔法の作用する範囲が極めて短いため、基本的に遠距離で戦うには不向き（不可能）だが、近距離戦においては第二紋《常魔紋》のような威力と第三紋《小魔紋》のような連射性能、魔法発動の速さを兼ね備えた最強火力となる。ただ、その恩恵にあずかるには敵に近づく必要があり、近接戦を覚悟しなければならないため、剣術と魔法が併用できる必要がある。最も扱うことが難しい紋章。

第四紋を保有する主要キャラ：マティアス

第一章

Chapter 1

Shikkakumon no Saikyokenja

国王から領地をもらい、そこに迷宮資源（主に希少金属）を精錬する設備を建てることを決意した俺は、領地の近くにある迷宮からどんな資源が出るのかを調べるために、迷宮へと来ていた。

だが、地図では『迷宮』と書かれていた場所にあったのは、ただの丘だった。

……迷宮の入り口は２００年前に埋め立てられ、入り口すら分からない状態になっていたのだ。

だが、もちろん入り口を塞いだくらいで迷宮が消える訳もない。

魔力の逃げ場を失った迷宮は、２００年の歳月で内部に莫大な量の魔力を溜め込み、爆発寸前だったのだ。

そして、ちょうど俺達が来たタイミングで――迷宮は限界を迎えた。

「ちょ……これ、ヤバそうじゃない……？」

地面の揺れに耐えながら、アルマがそう尋ねる。

……今起きている『目に見える異変』は地震だけだが……それ以上に問題なのが、『目に見えない異変』だ。

迷宮の入り口があった場所の地面から、膨大な量の魔力が噴き出している。

内部に押し込められた膨大な圧力に耐えきれずに、迷宮の入り口が崩壊しようとしているのだ。

「ああ。ヤバそうというか……かなり最悪の状況だな」

俺はそう呟(つぶや)いて、一度取り出した『人食らう刃』を収納魔法にしまった。

もし迷宮の入り口が崩壊した場合、龍脈(りゅうみゃく)には瞬間的に膨大な量の魔力が流れる。俺の魔力回路では、どうあがいても耐えきれない量だ。

そんな今の状況で『人食らう刃』を使い、龍脈に接続するのは、自殺行為でしかない。

「いったん、入り口が壊れるのを待つしかないか……」

迷宮の入り口が崩壊した後であれば、瞬間的に大量の魔力が流れるようなことはない。
だから『人食らう刃』を使うなら、その後がいいだろう。
そう考えていると――俺達から10メートルほど離れた場所の地面に、小さな穴が開いた。

「伏せろ！」

地面の穴を見た次の瞬間。
俺は近くにいたルリイとアルマを地面に押し倒すようにして、姿勢を低くした。
イリスは手の届かない位置にいたが――まあ大丈夫だろう。

「きゃっ！　マ……マティくん⁉」

「うわっと！」

ルリイとアルマが、驚いたように身をすくめる。
次の瞬間――轟音（ごうおん）とともに地面が爆発した。

俺の体よりも大きい大岩が、頭上を飛んでいくのが見える。

「い……一体何が起きてるの⁉」

「迷宮の入り口が爆発した！」

そう告げながら俺は、目の前に結界魔法を張る。
こうして爆発に耐えること、およそ10秒後。
ようやく轟音がやみ、周囲が静かになった。

それを見計らって顔を上げると——目の前には、巨大な穴が開いていた。

「こ……これが、迷宮の入り口？」

「ああ。普通の迷宮ではないけどな」

大穴を見つめて呟いたアルマにそう告げながら、俺は立ち上がって周囲の状況を確認する。

爆発とともに飛び散った岩石のせいで、周囲の地面は穴だらけになっていた。

飛んできた岩の大きさが、爆発の威力を物語っている。

「急に地面が爆発して、ちょっとびっくりしました……」

自分の体より大きい岩を手に持って、イリスがそう呟く。

どうやらイリスは、飛んできた岩をキャッチしていたようだ。

噴火で落ちてくる火山弾をマッサージ器代わりに使うイリスにとって、あのくらいの岩は危険のうちに入らないようだ。

そんなことを考えていると……迷宮の入り口から、1匹の魔物が顔を出した。

魔物を見て、ようやく爆発のショックから立ち直ったルリイが、疑問の声を出す。

「あれ？　……迷宮の魔物って、こんな入り口近くに出てくるものでしたっけ？」

「それにあの魔物、1階層って感じじゃないような……」

魔物は、目が4つある猪の姿をしていた。
その全身は分厚い筋肉と、鎧のような毛皮に包まれている。

どこからどう見ても、1階層に出てきていいような魔物ではない。
まあ、予想通りの状況なのだが。

「あの魔物はだいたい、20階層に出るような魔物だな。……それだけじゃない。よく奥の方を見てみろ。40階層クラスだ」

そう言って俺は、迷宮の奥を指す。
そこには——猪の魔物よりさらにふた回り以上も大きい、サイクロプスがいた。
通常の迷宮であれば、40階層より下でしか出ないような魔物だ。

「よ……40階層⁉」

俺の言葉を聞いて、アルマが驚いた声を出す。
だが、この迷宮が200年ほども地面の下に封印されていたことを考えれば、40階層の魔物が出るのも驚きではない。

入り口を塞がれた迷宮は、階層というものが曖昧（あいまい）になっていくのだ。

そう考えているうちに……迷宮の入り口付近の魔物は、どんどん増えていく。

そして、最初に現れた猪の魔物が迷宮から出たのを先頭に——魔物達は一斉に迷宮から飛び出し、俺達の方へと向かってきた。

「な、なんで迷宮の外に、こんなに一杯出てくるの⁉」

「迷宮の魔物って、普通は外に出ないいんじゃ⁉」

出てきた魔物を見て、アルマとルリイが驚きの声を上げながら後ずさった。

二人が言う通り、通常の迷宮であれば、これほど多くの魔物が一斉にあふれ出すことはない。

だが……今は状況が特殊だ。

今俺達がいる荒野には、迷宮に蓄えられた大量の魔力が放出され続けている。

そのせいで荒野は迷宮の魔力で満たされ、魔物達は外の荒野を『迷宮の中』だと思っているのだ。

このままだと迷宮にいる魔物達はどんどん外に出て、大災害を引き起こす。

「まずは倒すぞ！　イリスは前衛を、ルリイとアルマは後方支援を頼む！」

俺はそう告げてから、ルリイとアルマを守るように数歩前に出る。

それから剣を構え、目につく魔物を片っ端から斬り伏せていく。

だが……40階層級のサイクロプスとなると、倒すのには少し手間がかかる。

とにかく押し寄せる魔物を片っ端から倒さなければならない今の状況では、サイクロプス1匹に時間を取られる訳にはいかないか。

「イリス、でかいのを頼んだ！」

「了解です！　あいつをやっつければいいんですね！」

俺の指示を聞いてイリスが、槍で魔物を吹き飛ばしながらサイクロプスへと近付く。
そして……イリス専用の巨大な槍を、サイクロプス目がけてフルスイングした。

「そいっ！」

イリスの槍は、並の人間では持ち上げることすらできない重量と、イリスの力を受け止めるだけの硬度を持つ。
暗黒竜イリスの圧倒的な力で振り回された槍を――

「ゴアアアアアァァァッ！」

サイクロプスは、素手で受け止めた。
バキバキという音とともにサイクロプスの手に亀裂が入り――それでもサイクロプスは、手を離さなかった。
さらにサイクロプスは両手を使い、受け止めた槍をしっかりと握り込んで拘束する。

「……あれ？」

その様子を見たイリスが、疑問げな声を出す。

……イリスの槍を受けて無事だった魔物は、これが初めてかもしれない。

イリスは一瞬、首をかしげたが——次の瞬間には、もう槍を両手で握り直していた。

「ちょ……邪魔です！　離れてくださいって！」

そう言ってイリスは、サイクロプスに握られた槍に力を入れる。

すると……巨大なサイクロプスの体が、宙に浮いた。

「そいっ！　……もう1回っ！」

イリスは掴（つか）まれたままの槍を上下に振り回し、サイクロプスごと何度も地面に叩（たた）き付ける。

すると——5回ほど叩き付けたところで、サイクロプスは動かなくなった。

いくらタフな40階層のサイクロプスであっても、イリスの力でこれだけの暴行を受けては耐えきれなかったようだ。

「こ、こんな頑丈な魔物、迷宮にいるんですね……」

驚いた顔をしながらイリスが足下の岩を蹴飛(けと)ばし、近くに残っていた魔物にぶつけて粉砕する。

迷宮の入り口付近にいた魔物は、イリスがサイクロプスの相手をしている間に俺が倒してしまったため、もうほとんど残っていない。

「えっと……これで終わりですか？」

魔物がいなくなった迷宮入り口付近を見て、ルリイがそう尋ねる。

ちなみにルリイとアルマは今まで、俺から逃げるようなルートを行こうとしていた魔物を足止めしたり、矢で倒したりしていた。

俺が倒しやすい位置にいる魔物の処理に専念できたのは、二人のお陰だ。

だが、今ので戦いが終わりという訳ではない。

「いや、今倒したのは、入り口付近にいた魔物だけだ。……まだしばらく、迷宮から魔物が出てくる状態は続くだろうな」


そう言って俺は、迷宮からあふれ出る魔力を眺める。

この戦闘が始まった時と比べても、その魔力の勢いはほとんど衰えていない。

周囲に生えていた草は、いつの間にか全て枯れていた。

迷宮から噴き出す膨大な魔力に、普通の植物は耐えられなかったのだ。


「魔物が出続けるってことは……ここで待ってて、出てくる魔物を倒せばいいってこと？」

「そうなんだが……多分魔物が出てこなくなるまでには、３日くらいかかるぞ」

「３日……」


俺の言葉を聞いてアルマが、うんざりしたような顔をする。

……俺にとっても、３日ぶっ続けで魔物を倒し続けるのは、できれば避けたいところだ。

40階層級の魔物が連続して出てくると、魔力が枯渇する可能性もあるからな。

「全部まともに相手をしていたら、魔力がもたない。……一気に片付けよう」

「一気に片付けるって、どうやるんですか……？」

「龍脈を使う。……危ないから外で待っていてくれ」

そう言って俺は、迷宮の中へ入っていく。

入り口付近にいた魔物は全て倒してしまったため、あたりに魔物は見当たらない。

俺は周囲の状況を確認しつつ、迷宮の中に龍脈が出ている場所へと辿り着いた。

広い迷宮に散らばっている魔物をまとめて倒すには、龍脈系の魔法が一番だ。

そう考えつつ俺は収納魔法から『人食らう刃』を取り出し、龍脈へと接続した。

魔力回路が龍脈に接続されると同時に、龍脈に含まれる質の悪い魔力が流れ込んでくる。

入り口の爆発から少し経った今も、龍脈は荒れているようだ。

そう考えつつ俺は、龍脈を流れる魔力を制御し、魔法を発動させる。

使う魔法は『龍脈の炎』。龍脈に流れている魔力を炎に変換し、敵を燃やし尽くす魔法だ。

……失格紋で使う『龍脈の炎』は、威力と制御能力が非常に高い代わりに、龍脈の周囲以外を焼くことができない。

だが……迷宮はほぼ隅々まで龍脈が行き渡っているため、問題はないだろう。


「さて……いくか」


俺はそう呟いて、魔法を起動した。

すると目の前が真っ赤に燃え上がり、迷宮全域に炎の魔力反応が出た。

それと同時に『受動探知』で見える魔物の反応が、弱いものから順に消えていく。

迷宮の中にいる魔物は今、全てまとめて炎で焼かれているという訳だ。

この規模の魔法が簡単に発動できてしまうのが『人食らう刃』の便利なところだな。

『なんか迷宮がすごい燃えてるみたいですけど……大丈夫ですか？』

俺が『龍脈の炎』で魔物を焼いていると、通信魔法からあまり心配していなさそうな声が聞こえてきた。

ルリイも流石に俺が自分の魔法で焼け死ぬような心配はしていないだろうが、炎の勢いを見て気になったのだろう。

『大丈夫だ。俺がいる場所だけは燃やしていないからな』

そう言って俺は、周囲を見回す。

炎は俺から5メートルほど離れた場所を境に、まるで見えない壁に跳ね返されるような動きをしていた。

そのため俺がいる場所は、熱くもなんともない。

もちろん、そうなるように制御しているからだ。

これだけ巨大な術式を、ちゃんと制御するのは意外と難しいのだが……そこは慣れでなんとかったようだな。

かなる部分だ。

『龍脈の炎』を大規模に発動したのなんて、もう何千年前か分からないが、まだ忘れてはいな

そのため普通の魔法と違って、非常に繊細に魔力を管理する必要があるのだ。

龍脈を流れる魔力は、周囲の環境や他の龍脈にも強い影響を受ける。

そう考えつつ俺は、龍脈に流れる魔力の様子を監視する。

「……そろそろ危ないか」

まだ生き残っている魔物はいるが……これ以上は危険だと判断した。

『龍脈の炎』を発動してから10秒ほど経った頃になって、俺は『龍脈の炎』を解除した。

龍脈魔法は強力だが、いくらでも使えるというものでもない。

大量の魔力を一度に汲み上げすぎると、龍脈が失った魔力を周囲から吸収しようとして、周囲の土地や生き物が飲み込まれるような災害が起こるのだ。

前世の時代では、都市一つが丸ごと龍脈に飲み込まれたこともあるくらいだ。

特に、封鎖された迷宮の魔力に晒され、すでに負荷がかかっていた龍脈の場合だと、注意が必要だ。

普通の龍脈であれば、もう少し酷使しても大丈夫なのだが……ここの龍脈は、しばらく使わない方がよさそうだな。

そう考えつつ俺は元来た道を引き返した。

「おっ、戻ってきた！」

「マティくん、無事だったんですね！」

「すごい炎でしたけど……魔物は全部やっつけたんですか？」

迷宮から出てきた俺を見て、ルリイ達３人が駆け寄ってくる。

今ので終わりだったら、楽なんだけどな……。

「ほとんど倒したが、まだ強い魔物だけは残ってる。……大した数じゃないから、倒して回った方が早そうだ」

「強い魔物って……どのくらい？」

「炎に強い魔物だったら、35階層クラスでも生き残ってるが……『受動探知』で見える範囲だと、最高でも50階層ってとこだな。多分この迷宮の深さが、そのくらいなんだろう」

入り口を封鎖された迷宮では、表層から最深層までの魔物がどこにでも現れることになる。
逆にいえば、いくら封鎖された迷宮であっても、その最深層で出る魔物より強いやつは現れないということだ。

少々残念でもあるが……安全性のことを考えれば、文句は言えないだろう。
もしこの迷宮が２００階層まであったりしたら、もうちょっと別の対処を考えなければならないところだった。

「50階層って、こともなげに……」

「この前、特訓のためにいっぱい倒した魔物が、確か27階層だったよね……？　その倍近くって……ヤバくない？」

そういえばしばらく前、俺達は魔力を一気に強化するために、27階層で魔物を乱獲したな。
あの頃に比べれば俺達もだいぶ強くなってはいるが……50階層の魔物を力任せのゴリ押しで倒すのは、ちょっと魔力的に厳しい。
ということで、頭を使って攻略することにしよう。

とはいっても……特別な手を使う訳ではないが。

「50階層クラスの魔物なら、挟み撃ちされなければ大丈夫だ。普通の方法で、まともに迷宮を攻略すればいい」

「普通の方法って……あの、使わない方の道を塞ぐやつ？」

「ああ。それだ」

俺が書いた第二学園の教科書には、迷宮探索の方法も当然書かれている。

今からやるのは、教科書に書かれた攻略法の中でも、最も高レベルな迷宮に向いた方法だ。

大して敵が強くない迷宮であれば、力押しで手当たり次第に魔物を倒すのが一番早くて効率的なのだが……流石に50階層相手にそれをやると、事故が起こる可能性があるからな。


「やり方は覚えてるか？」

「バッチリだよ！」

「はい！」

そう言ってルリイは魔石を取り出し、必要な魔法を付与し始める。

付与している魔法を見る限り……ちゃんと戦術は覚えているようだな。

「よし、行くぞ」

こうして俺達は、実質50階層と化した迷宮に挑むことになった。

第二章

chapter 2

数分後。
俺達(おれたち)は迷宮の中を、ゆっくりと歩いていた。

「どっちを塞(ふさ)ぐ?」

「右で頼む」

「了解! 行くよー!」

そんな言葉とともにアルマの矢が、俺の頭の上を飛んでいく。
そのまま矢は、少し先にあった分岐路の右側の通路に刺さった。
今アルマが放った矢には、ルリイの手によって2つの魔法が付与されている。

一つは『魔法忌避』。

特殊な波長の魔力を周囲に撒き散らすことで、魔物を遠ざける魔法だ。

もう一つは『非常用結界』。

これは指定範囲に魔物が現れると、結界によってその魔物を食い止めつつ、周囲にけたたましい警告音を鳴らす魔法だ。

そんな矢を使い、分岐路のうち自分達が進むルート以外を塞ぐことで、迷宮は実質的に一本道になる。

一本道ということは、道中に出る魔物さえきっちり倒して進めば、後ろから襲撃を受けることはないということだ。

問題は、正面から来る魔物の方だが……。

「また50階層クラスか」

俺はそう呟いて、目の前にいる魔物を見据える。

そこには身長3メートルを超える巨大な人の体に、牛の頭を備えた魔物——ミノタウロスがいた。

背中には、巨大な斧が背負われている。

50階層に出る魔物の中でも特にタフで、倒すには骨が折れる魔物だ。

「イリス、作戦通りにいくぞ」

「了解です！」

イリスがそう言って、槍を構える。

それを見ながら俺は前に出て、ミノタウロスに相対した。

「グオオオオオオォォォォォ！」

ミノタウロスは、ちっぽけな人間の俺を簡単に殺せる相手と見たのだろう。

巨大な斧を振り上げると、俺に向かって振り回してきた。

これだけ大きい魔物となると、動きは遅そうな印象を受けるが……50階層の魔物に、その印象は正しくない。

ミノタウロスは見た目に似つかわしくない俊敏な動きで、正確に俺の首をはねにかかる。
そんなミノタウロスの斧を——俺は、剣で受け止めた。

「……グオ？　グオオオオォォ！」

斧があっさりと受け止められたことに、ミノタウロスは驚きの叫びを上げた。

とはいっても、ただ力技で受け止めた訳ではない。
受け止める瞬間、剣の先端を地面に食い込ませるようにして、衝撃を吸収させたのだ。

通常の剣なら、こんな使い方をすれば簡単に折れてしまうが——今俺が使っている剣は、前世の俺が作ったものだ。
今の俺の魔力では、この剣の本来の性能を活かすことはできないのだが……ひたすら頑丈な棒としては、これほど適切な道具もない。
そして……。

「拘束するぞ！」

俺はそう叫びながら拘束魔法を発動し、剣を支点にしてミノタウロスの斧を完全に拘束した。

普段であれば、魔法を使う時にわざわざ、何をするかなど宣言しないのだが……今回は宣言した理由がある。

イリスに伝えるためだ。


「了解です！」


そう言ってイリスが、ミノタウロスの側面に出る。

斧を拘束魔法によってしっかり抑え込まれたミノタウロスは、困惑の目でイリスを見る。

ミノタウロスにとって巨大な斧は誇りであり、手放すことは許されないのだ。

……ミノタウロスは何とかして斧を取り戻そうと、剣に拘束された斧に力を込める。

だがイリスに、そんな都合は関係がない。

「いきますよー！　せーの！」

そんなかけ声とともに、イリスが渾身の突きを繰り出す。
イリスの槍はミノタウロスの首に当たり、粉砕するようにして頭を吹き飛ばした。

「……イリスも、だいぶ槍の扱いがよくなってきたな」

今までイリスは槍を持っても、その力をほとんど活かせていなかった。
だが今の突きは、体の力をフルに活かす……とまではいかないものの、それなりに力を発揮できる動きだった。
今まで練習してきた成果だろう。

「やった！　褒められました」

……とはいえ、動いている相手や、ちゃんと攻撃を防いでくる相手となると、まだ難しいのだが。
だから俺はミノタウロスをがっちりと拘束し、イリスが攻撃しやすい状況を作ったという訳だ。

「ああ。今の突きを動く相手に当てられるようになれば、だいぶ戦いの幅が広がりそうだ」

「うーん。じっとしててくれれば、当てやすいんですけど……動かれると当たらないんですよね……」

「動かない相手と動く相手じゃ、難易度が全然違うからな。まあ、あとは慣れだな」

初めのうちは、ただ槍に全身の力を伝えるだけで精一杯だろう。

だが、その動きに慣れれば、動く相手を狙うような余裕も出てくる。

武術というのはやはり、反復練習なのだ。

「今回は俺が敵を拘束するから、安心して攻撃してくれ」

「分かりました！」

そう言ってイリスは、槍を構え直した。

◇

それからおよそ1時間後。

「10階層までは、これで終わりだな」

俺達は無事に、迷宮の10階層までを攻略した。

予想通り、50階層クラスより強い敵は出てこなかったようだ。

「これでもう、魔物って出ないのかな？」

「出ないって訳じゃないが……10階層までの魔力は、もうだいぶ薄くなっている。出るとしても、せいぜい20階層クラスだな」

この後は3日ほど放置して魔力が完全に抜けた後、もう一度迷宮にいる魔物を全て倒す予定だ。

そうすればもう、中の魔物の生息地は元通りになる。

「とりあえず、引き返そう」

「はい！」

そう言って俺達は、迷宮を引き返し始めた。

◇

「戻ってきたー！」

「そんなに長い時間じゃなかったはずなんですけど……迷宮をちゃんと攻略すると、長く感じますね」

迷宮の出口が見えたのを見て、アルマとルリイがそう言った。
確かに、正攻法で迷宮を攻略したのは、考えてみればこれが初めてだからな。
単純な戦術に見えて、意外と気を使う部分が多いので、疲れるのも仕方がないかもしれない。

「でも、制圧できたってことは……材料が採れるってことなんですよね？」


そう言ってルリイが、迷宮の壁を見つめる。

やはりルリイは、戦闘より生産の材料に興味があるようだ。

魔力や体力にはまだ余裕がありそうだし、ちょっと見ていくか。


「どんな資源が採れるか、ちょっと調べてみるか」


そう言って俺は収納魔法から、『脆性破壊』が付与されたツルハシを取り出した。

そして、ツルハシを壁の割れ目に向かって振り下ろす。


ガキッという音とともに迷宮の壁が砕け、地面へと散らばる。

やはり大量の魔力を浴びていただけあって、普通の迷宮壁より硬いが……しっかりと魔法を付与したツルハシを使えば、一般人でもなんとか砕けそうな硬さだ。

そう考えつつ俺は何度もツルハシを振り降ろし、迷宮壁をどんどん崩していく。

「『迷宮粗鉱』を集めてるんですか？」

「ああ。迷宮から手に入る資源といえば、やっぱり迷宮粗鉱だからな」

そう言って俺は、ツルハシをハンマーへと持ち替え、迷宮壁から剝がれ落ちた岩塊を細かく砕いていく。

いい感じに岩塊が粉々になったところで、俺は磁力魔法を発動する。

すると……粉々になった岩塊の中から、黒っぽい塊が集まってきた。

これが、迷宮粗鉱。迷宮壁の中に混ざっている金属の塊だ。

迷宮粗鉱の成分は、迷宮や階層によって違う。

だから試しに精錬してみれば、この迷宮にどんな資源があるか分かるという訳だ。

「これ、精錬してみてくれ」

磁力魔法で集めた迷宮粗鉱を、俺はルリイに手渡した。

今集まった迷宮粗鉱は全部で1キロほどだが……恐らくほとんどは鉄だろう。

この中から、鉄とそれ以外の金属を分けるのは、生産系の魔法――つまり、ルリイの領分だ。

「……何が出てくるか、ちょっと緊張しますね」

そう言ってルリイが、生産系の炎魔法を発動した。

すると迷宮粗鉱は赤熱し、一つの塊になる。

この状態から金属を分離させるには、本来色々と工夫が必要なのだが……。

栄光紋の魔法使いだと、ただ冷やすだけで鉱石が分離してくれるんだよな。

俺も前世では栄光紋だったが、生産魔法に関しては、栄光紋の性能は圧倒的だ。

「えっと……こんな感じですか？」

迷宮粗鉱を渡して数分後。

ルリイはそう言って、分離した金属を差し出した。

……前にやった時よりも、精錬の質が高い気がするな。

「ああ。……やっぱり、種類が豊富だな」

「そうですね……。これは鉄、これはミスリル、これは銀ですけど……これってもしかして、金ですか？」

そう言ってルリイが、迷宮粗鉱から分離した金属を眺める。

ルリイが指したのは、確かに金だった。

「ああ。金だな」

「こんな階層で、金が採れるんですね……」

ルリイが感嘆したように、そう呟いた。

迷宮粗鉱には、確かに色々な金属が混ざっているのだが……通常、珍しい金属は浅い階層にはない。
今俺達がいるのは1階層なので、普通の迷宮であれば鉄とわずかなミスリルが採れる程度だろう。

だが、この階層には金や銀があった。
もちろん金や銀は、迷宮の中でもそれなりに深い階層に潜らなければ手に入らない、珍しい金属だ。
だからこそ価値が高く、貨幣としても扱われている訳だが……それが1階層で手に入ってしまった。

「これって、迷宮が封鎖されてたせいかな？」

金や銀が手に入ったのを見て、アルマがそう尋ねた。

「ああ。迷宮の入り口を閉鎖するとレベルが上がるのは、素材も同じって訳だ。……魔物と違って、魔力が少なくなってからも鉱石は残るから、急いで掘らなくて済む」

この階層は少し前まで、迷宮の50階層のような環境だった。

そのため、埋まっている鉱石も、迷宮50階層に近いものになっている。

しかも、襲ってくる魔物は、あと3日もすれば普通の1階層レベルになる。

資源採掘者からすれば、夢のような状態である。

前世の世界では、迷宮の入り口を封鎖することで、わざとこの状態を作り出す採掘者もいたくらいだ。

……まあ、迷宮を封鎖して鉱石の質を上げるのは、危険性の関係で禁止されてしまったのだが。


そう考えつつ俺は、地面からごく小さな金属片を拾い上げる。

ルリイの魔法で迷宮粗鉱から分離したものの、あまりの小ささでルリイ本人すら存在に気付かず、落としてしまった金属片だ。

重さは500分の1グラムあるかないか……俺の爪の先にわずかに載る程度だ。

気をつけていなければ、俺もこの鉱石の存在には気付かなかっただろう。

「それ、何ですか？　ホコリ……？」

俺が地面から何かを拾ったのを見て、ルリイが俺の爪に目をやる。
爪の先にちょこんと載ったそれは、確かにホコリと区別がつかない。
だが……もちろん俺が、ホコリなどを拾い上げる訳もない。

「これは、コデサライトだ」

俺の言葉を聞いて、ルリイは目を丸くした。
それから、俺の爪の上に載った金属塊をまじまじと見つめ、俺に尋ねる。

「コデサライトって……もしかして、あの神話の金属ですか……？」

コデサライトって、神話金属の扱いなんだな……。
まあ、神話扱いされてしまうのも無理はないかもしれない。
なにしろコデサライトはオリハルコンなどの『希少金属』とは違い、今の世界には『存在し

ない金属』だからだ。

「これ、神話になってるんだな……」

そう呟きつつ俺は、コデサライトを眺める。

このコデサライトには、大量の魔力を溜め込む性質がある。

そして特殊な波長の魔力を浴びせた時、コデサライトは溜め込んだ魔力を全て一瞬で放出するのだ。

そのため強力な魔法を一瞬で発動させるには、コデサライトでできた武器が使われることが多かった。

……そんな便利な金属が、コデサライトなのだが……一つデメリットがある。

コデサライトは極めて強力な効果を持つ代わりに、寿命が非常に短い。

精錬してから100年ほど経つと、その金属はコデサライトとしての効果を失い、使い物にならなくなってしまうのだ。

収納魔法による時間停止も、コデサライトが収納魔法の魔力を吸い込んでしまうせいで、十分な効果を発揮しない。

そのため、他の誰（だれ）かが新たに精錬でもしていない限り、今の世界にコデサライトは存在しないという訳だ。

「ちなみに神話では、どんな話に出てくるんだ？」

俺は第二学園で、神話の授業をちゃんと受けてはいない。

魔物との戦いに忙しかったため、出ていない授業も多かったのだ。

まあ、そもそも神話自体に興味がなかったというのが、一番大きいのだが。

「えっと……有名なのだと、魔法神ガイアス様がコデサライトで作った巨大な剣を使って、ドラゴンを背後の山ごと吹き飛ばしたって話ですね」

……その話、どこかで聞いたことがあるな。

というか、前世の俺とまるっきり同じことをしている。

確かに俺も若かった頃は、そういった見た目が派手な魔法を好んだ。

今考えてみれば、敵を『山ごと』吹き飛ばすなど、非効率以外の何物でもないのだが。

敵にぶつけるはずの魔力を、背後の山なんかを破壊するために使ってどうするというのか。

ただでさえ、前世の俺と同じ名前だというのに……行動まで真似しないでほしいものだ。

まあ、コデサライトの力を試すための実験として、1回くらいやるのはいいかもしれないが。


などと考えていると……。


「神話では、そんな感じですけど……流石に現実じゃ、そこまでは無理ですよね？」

ルリイがそう言って、爪の先に載った金属片を見つめる。

確かに……この見た目からは、コデサライトがそんな力を持った金属だとは思わないだろう。

だが、できる。というか前世の俺は実際にやった。

「いや、量を集めて加工を頑張れば、作れなくはないぞ。……普通の剣としては使えないサイズになるけどな」

今考えてみると、前世の俺も妙な真似をしていたものだ。

どうせ剣として使えない大きさになるなら、ただの棒状でよかったはずなのだが。

そうすれば中の魔法回路も、もうちょっと簡単に構築できたはずだ。

……ああ、そういえばアレを作ったのは、コデサライトをひたすら徹夜で精錬した後のことだったな。

やはり徹夜はダメだ。

今考えてみると、前世の俺がおかしなものを作ったのは、ほとんど徹夜明けだったはずだし。


「え……？　できるんですか？」


俺の言葉を聞いて、ルリイは興味を持ったようだ。

やはり職人志望としては、興味を引かれる部分だったらしい。

「ものすごく大量のコデサライトを用意できればだけどな。この迷宮にある壁を全部砕いて精錬しても、その量には足りないくらいだ」

「確かに……あんなに大きな『迷宮粗鉱』から、ほんのこれだけしか採れなかったですし……」

そう言ってルリイは、吹けば飛ぶようなサイズのコデサライトを見つめる。

これで恐らく、５００分の１グラム程度だが……まだ純度が低いため、精製を重ねるとさらに量は少なくなる。

実質、コデサライトの量は１０００分の１グラム前後だろう。

山を吹き飛ばすのは流石にあきらめるとして、まともに効果を発揮させるのに最低限必要な量を考えると……。

「武器に小さな仕掛けを仕込むだけでも、１００グラムは欲しいな。この10万倍の量だ」

「じゅ、じゅうまんばい……」

俺の言葉を聞いて、ルリイが呆然(ぼうぜん)とした顔をする。

……いきなり10万倍とか言われても、実感が湧(わ)かないよな。

とりあえず、普通の手段で精錬しきれる量じゃないことは分かるだろうが。

「ああ。いくらなんでも無理だろ？」

「頑張って精錬しても、すごい時間がかかっちゃいそうです……ええと、今日使った魔力がだいたい……」

そう言ってルリイは、下を向いて考え込み始めた。

今作った量の10万倍を自力で精錬するのにかかる時間を計算しているのだろう。

……ルリイなら、年単位で時間をかければ精錬できない量ではない。

ひたすら精錬をし続ければ、精錬魔法の精度も上がるだろうし、魔力も増えるだろうからな。

だが幸運なことに、コデサライトのためにそこまで俺たちが時間を使う必要はない。

「別に、自分達だけで10万倍の量を確保する訳ではない。……そのために領地をもらったんだからな」

その言葉を聞いてルリイが、救いの手が現れたのを見たような顔をする。

それから、嬉しそうに叫んだ。

「確かに……沢山の人を集めて精錬すれば、いっぱい集まりそうです！」

「ああ。……何より、放っておくだけで金属が手に入るというのがいい」

俺は今、領地に金属精錬施設を作るために準備をしている。

だがそれは、領地の経営をチームに丸投げする準備だ。

立ち上げが終わったら、もう俺は領地経営に関わるつもりがない。

せいぜい、新たに何かが欲しくなった時に、そのための準備をする程度だ。

強力な武器や素材には興味があるが、経営には興味がないからな。

「放っておくだけで、神話の金属が……それはすごいです！」

「ああ。まあ立ち上げの規模だと、キロ単位でコデサライトを集めるのは難しそうだけどな。100グラムくらいあれば結構使える」

100グラムだと、武器全体をコデサライトで作るというよりは、他の素材で作った武器に補助としてコデサライトを入れる形になる。

そのコデサライトを使った武器に魔法を付与して、何かしらの魔法を発動させる訳だ。

魔法の付与は他の素材でもできるが、コデサライトを使った場合は威力の規模が違う。

例えば今、俺は『脆性破壊』を付与したツルハシで迷宮壁を砕いたが……もしツルハシに100グラムのコデサライトがフルチャージ状態で入っていたら、さっきの一撃で迷宮壁と一緒に天井(てんじょう)まで崩壊し、俺達は生き埋めになっていたことだろう。

ツルハシとしては扱いにくい代物になってしまうが、武器としてなら素晴らしい。

「マティくん基準の『結構使える』って、すごいことになる気が……」

「……マティ君とルリイに、ほっとくだけで金属が出てくる施設なんて与えちゃったら、もう手のつけようがないんじゃ……？」

「っていうか、元々手のつけようなんてないですけどね。今更って感じです」

そんな会話をしつつ、俺達は迷宮を出て、街へと戻った。

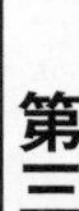

第三章 chapter 3

数日後。

俺達(おれたち)は領地で、荷物が届くのを待っていた。

今この領地には、巨大な施設を建設するような資材は当然ない。

それに、どうせ施設を作るのであれば、いい材料を用意してちゃんとしたものを作っておきたい。

そこで王都から、資材を取り寄せたのだ。

通常であれば大量の資材を用意しようとすれば、何ヶ月もの時間がかかる。

輸送にだって、1ヶ月くらいはかかるだろう。

だがエデュアルト校長に相談したところ、3日で必要量を揃(そろ)え、領地に届けるところまでやってくれるという話になったのだ。

しかし……。

「……来ませんね」

「いくら何でも、3日は無理があったか？」

そう言って俺は、王都方面に続く道を見る。

第二学園から伝えられた情報が正しければ、もうそろそろ荷物が届くはずなのだが……道には誰も いない。

『受動探知』には、人間の反応すら映っていない。

そう考えつつ、受動探知を維持していると——、人間の魔力反応が引っかかった。

ただし、一人だ。

その魔力反応は、かなりの速度で俺達のいるボウセイルへと近付いてくる。

魔法なしで普通に走ったのでは、絶対に出ない速度だ。

恐らく移動系魔法の使い手——第二学園生か何かだな。

様子を見ていると、一人の青年がボウセイルに向かって走ってくるのが見えた。
青年は俺達の顔を見るなり、口を開けて叫ぶ。

「今から荷物が届きますので、道を空けておいてくださーい！」

道を空けておく……？
疑問に思いつつも俺は頷き、道を塞ぐようなものがないことを確認する。

……なんだか嫌な予感がするな。
通常の荷物輸送に使われるような馬車なら、このように先導して道を空ける必要などないはずだ。
特に大量の荷物を運ぶ場合、馬の代わりに魔物を使うことがあるという話だが——それにしても、こんな先導はいらないはず。

「ルート確保、問題ありません！」

王都とボウセイルをつなぐ道に人がいないのを確認して、走ってきた青年は拡声魔法を使ってそう叫んだ。
それから数十秒ほど後――遠くに、巨大な何かが見え始めた。

「あれは……何でしょうか?」

「馬車? いや、しかし馬がいませんね……」

「というかあれ……スピードがおかしくありませんか?」

荷物受け取りのために待機していた領地経営チームが、困惑の声を上げる。
それも無理はないだろう。
なにしろ、街道をこちらに向かって走ってきているのは、巨大な鉄の塊だったのだから。

驚く住民達を見て、先導の青年が告げる。

「あれが第二学園謹製(きんせい)、魔法自動馬車です!」

そう話す間にも、巨大な鉄の塊は猛然と街道を走ってくる。

その前面には、でかでかと第二学園の校章が彫られていた。

鉄の塊には、確かに注文した金属が載っているようだ。


魔法自動馬車……馬がいないのに『馬車』という呼び方が正しいかは置いておいて、恐らく魔道具を動力源として荷物を輸送する装置だろう。

前世の時代でも、構想としてはそういうものがあった。

そんなものを作るくらいなら、収納魔法に大量の荷物を詰め込んで移動した方がよっぽど楽で早いので、こんなに大型のものが実用化されたことはないのだが。


しかし、今の世界ではもしかしたら使える装置かもしれないな。

収納魔法など、空間系の魔法は習得が比較的難しいため、無詠唱魔法すらほとんど普及していない状況からだと、空間魔法が一般的になるのには非常に時間がかかる。

第二学園などの優秀な魔法使いは、そのうち収納魔法を覚えるだろうが……人数の少ない無詠唱魔法使いを、輸送のために回すのはもったいないし。

発明としては、なかなか考えられている。

とはいえ……。

「なあ、スピード出すぎじゃないか？」

前世でも、人が1人乗る程度の小型輸送魔道具は実用化されていた。

アンモール兄弟が移動に使っていた魔法貨車の、線路を使わない版といったところだ。

だが、そういった魔道具はあまり急加速や急減速に向いていなかったはず。

だから止まる時には、その前から少しずつ速度を落とすものなのだが……あの『魔法自動馬車』とやらは、いっこうに減速する様子を見せない。

魔法自動馬車は街の門をくぐれるような大きさではないので、このままでは門に激突することになる。

そう考えつつ様子を見ていると、青年が気まずそうな顔で呟いた。

「実は道中で、制動装置が壊れてしまいまして……」

言われてみると……確かに魔法自動馬車は、車体のどこかから煙を噴いているようだ。

これ、欠陥品じゃないか？

「……じゃあ、どうやって止まるんだ？」

「大丈夫です。こういう場合に備えて、車体は頑丈に作ってありますので。……そろそろですね」

そう言って青年は魔法自動馬車の方を向いて叫んだ。

「どうだ、止まれるか？」

「無理だ！　ブレーキが全く利かない！」

「完全にぶっ壊れてる！」

魔法自動馬車に乗った第二学園生達から、そんな答えが返ってくる。
だが青年はうろたえることなく、即座に答えた。

「了解！　アレいくぞ！」

そう言って青年は……魔法自動馬車の目の前に、結界魔法を展開した。
魔法自動馬車に乗った第二学園生も、一緒になって結界を張る。
そして、わずかに後——魔法自動馬車が、結界に激突した。
魔法自動馬車は結界を粉々に砕きながら、その反動によって大きく減速する。
第二学園生たちは、さらに結界を展開する。
新たに張った結界も、もちろん砕かれた。

——そうして、50枚ほどの結界が砕かれた頃。
魔法自動馬車は、ようやく止まった。
それを見て、青年が宣言した。

「第二学園からの荷物、到着しました！　荷降ろしに入ります！」

学園生たちはそう言って、魔法自動馬車から荷物を降ろし始めた。

魔法自動馬車の車体は、大量の結界に激突した結果、以前より少しへこんでいるように見えた。

「ブレーキは、ちゃんと作った方がいいぞ……」

「すみません。しっかり設計したつもりだったんですが、こんなに荷物を積んで実験するのはこれが初めてだったもので……」

魔法自動馬車から降りてきた学園生がそう言って、折れた鉄の棒を俺に見せる。

恐らく、あの鉄の棒がブレーキの部品だったのだろう。

「あー……ここのとこ、熱で溶けちゃってますね」

いつの間にか車体をチェックし始めていたルリイが、そう呟いた。

どうやら元々はブレーキがあったようだが、制動時に発生する摩擦熱に耐えきれなかったようだな。

後でちゃんとした、魔法圧式ブレーキの作り方を教えておこう。

前世でゴーレムなどの制御装置として使っていたものだが、こういった巨大装置の車輪を止めるのにも役立つだろう。

そう考えつつ俺は、魔法自動馬車の車体を眺める。

車体はずいぶん新しいようだが、すでに傷だらけになっている。

第二学園の校章の下には『王立第二学園　魔法自動馬車　実験機3号改』と書かれていた。

急な依頼にもかかわらず、荷物が届くのがやけに早いと思ったが……実験中の機械をいきなり投入したのか。

「こんなのをいきなり実戦投入して、怪我人は出ていないのか？」

魔法自動馬車に乗っていた第二学園生に、俺はそう尋ねる。

実験をしなければ技術は発展しないので、実験自体はいいのだが……さっきの止まり方を見ていると、あまりにも安全が無視されている気がする。

あんな巨大装置を、ブレーキが壊れたまま走らせて結界で止めるなど、まともな神経の人間がやることだとは思えない。

前世の時代であれば、この程度の速度の魔道具なら防御魔法などで、なんとでも対処ができただろう。

だが今の時代——無詠唱魔法すらほとんど普及していない状況でこんなものが走り回ったら、事故が起こることは間違いない。

魔道具の実験というのは、もっと慎重にやるものだと思っていたのだが……。

「今のところ、怪我人は一人も出ていません。もちろん死者もゼロです！」

だが、学園生から返ってきた答えは予想とは違うものだった。

なんと、怪我人は出ていないらしい。

「……適当に見えて、意外と安全対策はやってるのか？」

「はい。この魔法自動馬車は第二学園生の中でも、2年生以上で防御魔法に秀でていて、グレヴィル先生に許可を受けた者しか近付けないことになっています。魔法自動馬車の上にはいつも、最低5人の結界魔法使いを乗せているので、何かあったらすぐ止められますし！」

力技もいいところだった。

どうやら車体がボロボロなのは、普段からあのような止め方をしていたからのようだ。

あの止め方自体が、もはや一つの『事故』とすら呼べると思うのだが……その程度の衝撃をものともしないような生徒しか、この魔法自動馬車には乗れないということなのだろう。

まあ、言われてみれば……乗るやつと先導役を厳選すれば、この魔法自動馬車でも安全が確保できるな。

グレヴィルが選抜を担当しているのなら、恐らく大丈夫だろう。

しかし……俺が入学した頃の第二学園は、もっとまともな感じだったはずなのだが。

どうしてこうなってしまったのだろう。

エデュアルト校長のせいだろうか？

「よく、こんな無茶が通ったな……」

「はい！　マティアスさんのお陰です！」

「……俺の？」

どうしてここで、俺の名前が出るのだろう。

俺から『資材を送ってくれ』と頼まれてから作ったにしては早すぎるから、魔法自動馬車自体は前から作っていたはずだし。

「マティアスさんには、常識の無意味さを教えていただきました」

「常識の無意味さ……そんなもの、教えたか？」

「はい！　王都を丸ごと囲う結界を作って魔族を閉め出した件とかが代表的ですけど……そのお陰で第二学園では『非常識でも、とりあえずやってみろ！』が合言葉になっているんです」

なるほど。

王都大結界を作ったことが、この魔法自動馬車にもつながっていたのか。

この魔法自動馬車に比べれば、王都大結界はまだ『普通』だと思うのだが……。

「そのおかげで今、第二学園では生徒主導の『常識破壊プロジェクト』がいくつも進行しているんですよ！　この魔法自動馬車も、その一環です！」

……第二学園の未来が、ちょっと心配になってくるな。

まあ、発明が活発になるのはいいことなので、止めたりはしないが。

第二学園にはグレヴィルがいるから、安全面は何とかしてくれるだろうしな。

そう考えつつ俺は、届いた資材を眺める。

送られてきた鋼材は、恐らく第二学園生達が授業で精錬したものだな。

質は鋼材によってまちまちだが……総じて市販品より質がいい。

練習を始めたばかりの生徒の場合、もっと粗悪な鋼材になることも多いのだが……恐らく、質の悪いものは事前に取り除いて送ってくれたのだろう。

輸送方法はとても個性的だったが……届けてくれた資材は期待以上だ。

これがあれば、作りたい施設はひと通り作れるだろう。

第四章

Chapter 4

Shikkakumon no Saikyokenja

「マティアス伯爵、ご相談があります」

ある朝。
領地経営チームを率いるルーカスが、そう言って俺の元を訪ねてきた。

「何か問題が起きたのか？」

領地経営は基本的に、ルーカス達に丸投げということになっている。
俺が手を出すのは、事前の計画に何か問題があった時だけだ。
とはいえ俺も政治に関しては素人なので、力になれるとは限らないのだが。
もし俺の手に負えない問題だったら、グレヴィルあたりに対処を尋ねることにしよう。
彼は一国の王だった人間なので、大抵の政治的問題への対処は分かっているはずだ。

まあ国王という立場だと、こういった小さな街の問題は逆に経験が浅いかもしれないが。

「実は事前の計画に欠陥が見つかりまして……このままでは輸送能力が足りません」

「輸送能力……精錬所のせいか」

「ご明察です。あの規模の生産設備は普通、この国にはありませんから……」

俺は自分の領地に、金属精錬所を作ろうとしている。

それもかなり大規模な——下手(へた)をすれば国内最大級になるであろう金属精錬所だ。

金属精錬所はその性質上、大規模な輸送能力を必要とする。

なにしろ1キログラムのミスリルを作るだけでも、1トン近いミスリル鉱石が必要となるのだ。

それ以上に貴重な金属を集めようとなれば、必要な鉱石の量は当然増える。

大規模な迷宮の壁を壊せば、鉱石の用意はそれなりになんとかなる。

だが輸送はそうもいかない。

鉱石はどこの鉱山からでも運び出せるが、精錬所にはその鉱石を全て集める必要があるのだ。

精錬所が大規模になるほど、輸送の問題は大きくなる。

それを運びきれない可能性が高いからこそ、彼らはここに相談に来たのだろう。

「道の幅を広げたり、本数を増やすのはどうだ？　必要な予算は用意する」

「その案も検討しましたが……精錬所の四方を道で囲んでも、想定される規模の輸送量をさばききれません。もう少し規模を落としていただくほかないかと……」

規模を落とすか……。

正直なところ、それはあまりやりたくないんだよな。

確かに精錬所の規模を小さくすれば、輸送の問題は解決する。

だが精錬に使う装置類は、ある程度の大きさがあった方が効率がいいのも事実だ。

世界最大規模となるであろう今回の精錬施設は、実のところ俺にとっては『最小規模』でしかない。

効率が悪くならないギリギリのサイズで作った精錬施設をフル稼働させようとすると、領地運営チームに提出した程度の輸送力は必要になるのだ。

一度稼働を止めると再稼働に何週間もかかるような装置も多いため、稼働率を落として精錬所の数を増やすというのもなかなか難しい。


となると……。


「分かった。輸送手段を変えよう」

「我々の推計では、道を埋め尽くすだけの馬車を用意しても輸送能力が10倍近く足りません。それを解決する手段があるんですか？」

「ある。その方法なら、すでに見たことがあるはずだ」

俺はルーカスの質問に即答した。

ルーカスは、少し考え込む。

それからおそるおそるといった感じで、俺に尋ねた。

「まさかとは思いますが……第二学園が使っていた『アレ』ですか？」

ルーカスが言っている『アレ』とは、魔法自動馬車のことだ。

第二学園の生徒たちは魔法自動馬車を使い、凄(すさ)まじい量の金属資源を高速輸送してきた。

あの輸送能力があれば、馬車の10倍といわず100倍、1000倍の輸送力も実現できるだろう。

「察しがいいな。まさに『アレ』を使うんだ」

「アレを作るの⁉」

「……第二学園生以外にアレを扱わせれば、死人が出ますよ？」

アルマが驚きの声を上げ、ルーカスは重々しく首を振った。

二人の懸念（けねん）はもっともだ。

第二学園が使っていた魔法自動馬車は、あちこちにぶつけたような跡や、へこみなどがあった。

ブレーキが壊れた時に結界で止めたのは、まだ平和な方だったはずだ。

側面にあった傷の様子を見る限り、恐らく横転も日常茶飯事だろう。

もちろん、あれをそのまま街中（まちなか）に放り込む訳ではない。

そんなことをすればボウセイルは、この国で一番交通事故死の多い街として名を馳（は）せることになるだろう。

「改良版を作る。ルリイと一緒に作れば、そんなに難しくはないはずだ」

「なるほど……。確かにマティアス様がお作りになるなら、ブレーキなどの問題はなさそうですね。道路の損傷に関しても、解決できそうですか？」

魔法自動馬車が走った後の地面には、深い車輪の跡が残った。

跡というと大した問題ではないように聞こえてしまうが、その実態は普通の馬車などなら嵌(はま)って止まりかねないような溝だ。

第二学園は土魔法に長(た)けた学生を修復役として連れていくという力技で問題を解決していたが、自分の領地で同じことをする訳にもいかない。

そもそも道路に深い溝ができるということは、魔法自動馬車の荷重を道路が受け止めきれていないということだ。

当然そんな状況では、横転もしやすくなる。

車輪を太くすれば多少はマシになるかもしれないが、それにしたって限界はあるだろう。

とはいえ、この問題には簡単な解決方法がある。

その方法は前世で『魔法鉄道』と呼ばれていた。

「専用に道を作ればいいんだ。鉄でできた道をな」

「鉄でできた道……もしかして、アンモール兄弟のところに行く時に見たやつですか?」

どうやらルリイも、あの魔法鉄道のことを覚えていたようだ。

魔道具のことだけあって、よく見ているようだな。

「そうだ。あの方法の魔法貨車は決まった道しか走れないが、第二学園のと違って俺達の輸送ルートは固定だからな。精錬関連の施設を一直線上に配置すれば、1本の魔法鉄道で全ての荷物を運べる」

「確かに……あの輸送力を安全な方法で実現できるなら、輸送力不足は解決できそうです！いや、むしろ余裕があるくらいかもしれません！」

「ああ。鉄道を1本作ってしまえば、貨車は何台でも運行させられるからな。ルートは、こんな感じでどうだ？」

そう言って俺は、領地の地図に線を引く。

領地を端から端まで結ぶ、真っ直（ま す）ぐな線だ。

「領地の端まで引く必要はない気がしますが……これは今後のルート延伸を考えてのことです

か？」

ルーカスはさっそく俺の意図を察したようだ。

鉄道に限った話ではないが、道路というのは都市を作った後で広げたり新設したりするのが難しい。

だから街を大きくするつもりであれば、最初からそれを想定して輸送網を作る必要がある。

そうでなければ道は大混雑し、とても住みにくい街ができあがってしまうことだろう。

俺は別に、無理に街の規模を大きくしようと思っている訳ではない。

だが前世の世界では、精錬所の周囲には金属加工の工房や労働者向けの宿屋などができ、自然と街が大きくなっていくケースも珍しくなかった。

そのパターンを事前に想定しておくのは、悪いことではないだろう。

俺が保有している迷宮に向けて線路を引けば、大量の迷宮粗鉱（そこう）を運び込むのも簡単になるだろうし。

「鉄道と魔法貨車の設計はこっちでやる。まずはこのルートに沿って、土地を整地してもらえるか?」

「承知いたしました。かなりの人手と予算が必要になりそうですが……」

「それはそれで好都合だ。給料はちゃんと出してやってくれ」

前領主の圧政の影響が大きかったせいで、まだ領民達の生活は安定していない。

職を失った者だって珍しくはないくらいだ。

精錬所などの建設工事はどうしても技術が必要となる。

危険な作業も多いので、あまり素人にやらせる訳にもいかない。

そんな中で、単純な土木作業の人手が大量に必要となる線路敷設(ふせつ)は、住民達に仕事を与える理由としてもなかなか悪くない。

「マティアス伯爵の魔法は、地形改変も可能だと伺(うかが)いましたが……それをしないのは、住民達のためですか?」

「ああ。それと今後のための人材育成だな」

やろうと思えば、俺が魔法で整地することもできる。

だが今後のことを考えると、ここは住民に任せておいた方がいいだろう。

将来的には線路をもっと延ばす可能性も高いから、今のうちに鉄道工を育成しておきたいしな。

簡単な土木系の魔法なども、できれば覚えてもらいたいところだ。

「意外と色々考えてるんだね……」

「マティくんって、領地運営にも詳しいんですか？」

「別に詳しくはないが、領主として最低限の仕事はしないといけないからな」

俺は政治に興味はないし、恐らく向いてもいないだろう。

だが希少な魔法素材を安定的に入手するためには、領地をある程度発展させておく必要はある。

そのために打てる手は打っておきたい。

……とはいってもこれは、前世の時代に評判のいい国王がやっていたことを真似したただけなのだが。

そもそも、この領地の経営は簡単だ。

というのも俺には、王国から魔族討伐などの報酬として受け取った、使い道のない金が沢山ある。

希少資源などはそもそも売っていないので、金を出しても買えるものではない。

だからこそ、わざわざ自分で希少資源の生産システムを作ろうとしている訳だ。

「いい方策かと思います。では、その『鉄道』を使う方針で都市計画を作り直します」

「頼んだ」

こうして俺の領地に、鉄道敷設計画が立ち上がった。

◇

「優先区間の整地は終わりつつあります。そろそろ線路本体の建設に取りかかれる頃かと思います」

工事が始まってしばらくしたある日、領地経営チームがそう言って訪ねてきた。
今回の工事は、いきなり線路全体を完成させるのではなく、早い段階で必要となりそうな場所だけ敷設する形を取っている。
だからこそ、これだけ早く建設に取りかかれるという訳だ。

「分かった。ではそのまま工事を進めてくれ」

「そうしたいところなのですが……実は砕石が不足しています。調達先は探していたのですが、量が量なのでなかなか難しく……」

鉄道の敷設には、大量の砕石が必要となる。
ただの土の上に線路を敷くと、雨が降った時などに線路が沈んだりして不便だからだ。

第二学園あたりに頼めば迷宮壁の余りをもらえるかもしれないが、線路全体に敷き詰めるとなると凄まじい量が必要となる。

あの魔法自動馬車を何往復させる必要があるか……と考えていくと、あまり現実的な選択肢とはいえないだろう。

「分かった。採石場に使えそうな岩山探しに行くとしよう」

「付近の探索も行いましたが、このあたりの岩石は軟らかいようで……大量の貨物の重さには耐えられないかもしれません」

なるほど。

確かに重い荷物を積む貨車を走らせるとなると、頑丈な岩石を土台に使う必要がありそうか。

となると、他所(よそ)から持ってくるしかないな。

とはいえ人力での大量輸送は現実的じゃないか……。

ここは一つ、策を打つしかないな。

「分かった。俺が探そう」

「マティアス様が……ですか？」

「ああ。硬い岩山を探すのにも、魔法技術は使えるからな。見つけたら教えよう。１週間もかからないはずだ」

ちなみに、そういう魔法は本当にある。

だが射程の関係で、俺が使ってもあまり意味はない。

俺が使うのは、別の方法だ。

とはいえ……今の段階で明かすと騒ぎになりそうなので、今は『俺が見つけた』ということにしておく必要があるのだが。

「ありがとうございます。整地が終わるまでに１週間ほどかかるはずなので、工事の手を止めなくて済みそうですね」

こうして俺は、砕石の材料となる岩山を『探しに』行くことになった。

◇

その日の夕方。

俺はイリスを連れて、とある迷宮がある山へと来ていた。

この山は迷宮と一緒に王国から下賜されたものなので、勝手に資源を持ち帰っても何の問題もない。

問題はここが、俺の領地からは遠いことだ。

ということで……山ごと運ぶことにする。

「壊しすぎると逆に運びにくい。慎重に頼む」

「了解です！」

竜の姿になったイリスはそう言って爪を振り上げ……慎重に山をつつく。
だが……岩山はなかなか思うように崩れない。
どうやら『慎重に』と言ったのは守ってくれているようだが、逆に込めている力が小さすぎるようだ。

「うーん、難しいです……」

「もうちょっと力を入れてみてくれ」

「分かりました！」

そう言ってイリスは——力任せに腕を振り下ろす。
山は当然のごとく吹き飛び、あちこちで大規模な土砂崩れが発生した。
事前に『受動探知』で周囲に人がいないことを確認しているからいいものの、そうでなければ死者多数の大惨事になっていただろう。

「あっ」

竜の姿のイリスが、『しまった』とでもいうような顔をして山（だったもの）を見る。

どうやらわざとではなかったようだ。

「力加減を間違えました……」

申し訳なさそうな顔をするイリスを尻目に、俺は山の残骸を観察する。

すると――その中に一つ、ちょうどいい大きさの岩塊があるのを見つけた。

岩塊とはいっても、イリスの体よりさらに大きい――ちょっとした山と言っていいようなものだ。

これを運んでいって地面に下ろせば、一つの岩山っぽくなるだろう。

「いや、これは成功だ。ちょうどいい岩があったぞ」

「本当ですか⁉」

「ああ。あとはこれを領地の近くまで運べばいいだけだ」

そう言って俺は、巨大な岩塊を指す。
このサイズの岩は流石に、収納魔法にも入らない。
竜の姿のイリスに運んでもらうしかない訳だが……。

「……ワタシの腕、そんなに長くないですよ？」

そう言ってイリスは、竜の姿のまま腕を広げる。
確かに、岩を運ぶには少し足りないな……。
端っこの方を掴めば持てなくはないかもしれないが、うっかり落としたら大惨事だ。
そしてイリスに岩を持って飛ばせれば、ほぼ間違いなくそうなるだろう。
となると……。

「分かった。岩を持つ役目は俺がやろう」

「マティアスさんが、この岩を？」

「ああ。魔法で保持すればいいんだ」

そう言って俺は岩の上に乗り、拘束魔法で岩を縛り付ける。

外から見ると、俺が岩に縛り付けられているようにしか見えないかもしれないが。

「俺くらいの大きさなら、運びやすいだろ？」

「確かに……これなら運べそうです！」

そう言ってイリスは俺を摑み、飛び立った。

数十分後に俺たちは領地に到着し、岩を下ろすことに成功した。

イリスは何度か間違って俺を振り落としかけたが、魔法で爪に摑まって事なきを得たのだった。

◇

「なんだかやけに新しいというか、形が不自然というか……」

岩塊を運んだ翌日。

俺がルーカスを岩山に連れていくと、ルーカスはそう言って岩を観察し始めた。

確かに不自然……というか、ただの平地に岩を投げ落としただけなので、明らかに周囲の景色から浮いている。

恐らく誰が見ても、自然にできた地形だとは思わないだろう。

それを分かった上で、俺は答える。

「気のせいだ」

「しかし……」

「気のせいだ」

2回目の回答で、ルーカスは俺の言いたいことを察したようだ。
気付かないふりをしろと。

「分かりました。……よく考えてみると、この岩がどういった経緯でできたのかは重要ではありませんね。重要なのは、砕石として使えるかどうかです」

「ああ。使えそうだろう？」

「確かに……この強度なら、十分に貨車を支えられそうです。いい岩山を作って……いえ、見つけていただきました。ありがとうございます」

こうして俺たちは、採石場を用意することに成功したのだった。
この後しばらくの間、王国内で真っ黒いドラゴンの目撃報告が噂になるのだが……それはまた別の話だ。

◇

俺とイリスが採石場の場所を『発見』してから1ヶ月ほど経(た)った頃。

砕石の入手も安定し、工事は順調に進んでいた。

そんな中……1件の報告書に、俺は目を留めた。


「『酒場ゴールドレール』の経営者が偽名……?」


『酒場ゴールドレール』。

最近のボウセイルにある飲食店の中では一番有名と言ってもいい、酒場の名前だ。

俺は行ったことがないが……評判はかなりいいらしく、鉄道工達が憩(いこ)いの場として使っている……という話を聞いたことがある。

値段は少し高めだが、鉄道敷設の仕事は給料がいいため、問題にならないということのようだ。

それ自体には何の文句もない。

労働者達の息抜きは大事だし、雇われているのも現地の料理人——主に前領主の暴政によって店を失った者であることを考えると、領地にとってはプラスと言ってもいいだろう。

むしろ俺達が率先して、こういった店を作るべきだったのかもしれないと思うほどだ。

だが、経営者が偽名を使っているとなると話が変わってくる。

偽名を使うのは、何かうしろめたいことがあるということだ。

経営者の名前は『ルーマ』。

遠くの領地の出身ということになっているが、誰もその本人を見たことがないらしい。

「酒の入手ルートも不明なのか……」

現在ボウセイルでは、酒の生産量が不足している。

というのも、住民の楽しみのための施設は、前領主の時代にほとんど潰(つぶ)されてしまったからだ。

要するに、酒を飲んでいる暇があるなら働いて税を納めろという訳である。

そんなボウセイルの中で、『ゴールドレール』が酒を切らしたという話は聞いたことがない。

種類はあまり多くないようだが、それでも驚異的な供給能力だ。

恐らく輸入しているのだろうが——その入手ルートが分からないのだ。


ボウセイルでは特に、荷物の検閲などはしていない。

だから、どんな荷物がどのくらい運び込まれているのかを、領地経営チームが正確に把握している訳ではない。

今のところは、その必要もないと思っている。


だが大量の酒を入手しようとすれば、絶対に何らかの形で痕跡が残る。

ゴールドレールで消費される酒の量を考えれば、酒樽を積んだ荷車が街に入ってくるのを日常的に見かけるはずだ。

そうでなくとも、近くの領地で大量の酒が継続的に買い付けされれば、ちょっとした噂くらいにはなるだろう。

だが酒樽を積んだ荷車など見かけないし、近くの領地で酒が買われているという噂も聞いたことがない。

「怪しいな……」

今のボウセイルに目をつけたということは、恐らく経営者はかなり商才のある人間だろう。
それでいて、情報網にも精通しているはずだ。
経営者としては理想的ともいえる。

だからこそ怪しい。
いや、秘密裏に大量の酒を調達する経営能力からいって、経営者は何らかの組織の関係者であるはずだ。

バックの組織が大商会なら経営能力には説明がつくが、それなら普通にそのことを明かして商売をするだろう。
そうでないとしたら――バックに何らかの裏組織がついている可能性もゼロではない。

考えられる可能性としては、例えばスパイだな。
俺の領地では大量の魔法設備や魔法知識が運用されるし、セキュリティも第二学園ほどは厳しくない。

知識を盗み出そうとする者にとっては、なかなかいい場所だろう。


俺からすれば、知識が欲しいのなら普通に聞いてくれればいい話だ。

俺は技術を隠すことなく、むしろ広めようとしているのだから。

でなければ、わざわざ第二学園に技術を教えたりはしないだろう。

まっとうな目的で技術が欲しいのであれば、技術書を渡すくらいは全く問題ない。


だが問題は、それがまっとうな目的ではない場合だ。

魔法技術というものは、使い方しだいではとても危険なものになる。

『酒場ゴールドレール』のバックにある組織については、調べておく必要がありそうだ。

今日は用事がある訳でもないので、ちょっと偵察に行ってみるか。

酒に残る魔力の痕跡とかで、産地を特定できるかもしれないしな。

◇

「噂通りの盛況だな……」

満席に近い店内を見て、俺はそう呟いた。

普通に店で料理を注文しようと思ったのだが、座れる席がないかもしれない。

そう考えていると、店員がやってきて告げた。

「1名様ですね！　2階席へどうぞ」

「……2階なんてあったのか？」

俺が聞いた話では、『ゴールドレール』は1階建てだったはずだ。

店の外観からしても、2階建てには見えなかった。

「最近できたんです。2階にはあちらの階段からどうぞ」

そう言って店員が指した先には、真新しい階段があった。

どうやら、最近できたというのは本当のようだ。

屋根との位置関係を考えると、2階というのは……。

「屋根裏部屋か」


現在の世界の建築技術は、お世辞にも高いとはいえない。

そして屋根裏部屋は、そもそも人が入るようにできていない。

隙間風は吹くし、空気は悪いはずだ。

この店が工事で休業した訳でもないし、店を休まずにできるような改築でまともな客室が作れるとも思えないのだが……。


だが『酒場ゴールドレール』の評判を聞いた限りだと、この店が低品質な部屋に客を詰め込むような店だとも思えない。

2階がまともだとすれば、『酒場ゴールドレール』は高い建築技術も持っていることになる。

もしかしてここの建設には、第二学園か第一学園の生徒が関わっているのだろうか。


それなら酒の件にも説明がつく。

小麦粉などの材料から酒を造る魔法は、そう難しいものではないからな。

栄光紋の第二学園生であれば、酒を用意するくらいは簡単だろう。

などと思案しつつ俺は、階段を上る。

すると……そこには思いのほかまともな部屋と、丁寧に作られた客席があった。

空気の悪さも隙間風も、全く感じない。

これは恐らく……魔道具による影響だろうな。

綺麗な内装が組まれているが、建物自体は普通の屋根裏という感じなので、そうでなければこの環境は説明がつかない。

魔道具に残る魔力を見れば、出どころが簡単に突き止められそうだが……魔力反応を見る限り、魔道具は壁や床下に隠されているようだ。

直接観察するのは難しそうだな。

とはいえ……誰が関わっているのかは、この時点でなんとなく予想がついてきた。

裏組織の心配は杞憂だったようだな。

そんなことを考えつつ俺は、メニューを眺める。

メニューの中身には、統一感が全くない。

肉料理から魚料理、野菜料理まで幅広く揃っている——そこまではいい。
同じような料理が、1つのメニュー表にいくつも載っているのだ。
いや、それどころか……。

ラッシュブル炒め定食（ライアス）
ラッシュブル炒め定食（ロイズ）
ラッシュブル炒め定食（ウィリアム）

この3つのメニューが、縦に並んでいる。
もはや、メニューを統一する気が全くないと言っていいくらいだ。

（なるほど、こういう戦略か……）

恐らくメニュー名についているのは、料理人の名前だろう。
この店は前領主によって潰れた店の料理人を雇い、メニューもそのまま出しているという訳だ。

メニューのあとには説明文もついているので、初めてでもどれを選べばいいか分かりやすい。
新しくできた店が急激に人気を獲得できたのは、このあたりにあったらしい。
そんなことを考えていると、店員が注文を取りに来た。

「『落ち葉亭定食』を頼む」

注文を取りに来た店員に、俺はそう告げる。
この『落ち葉亭定食』というメニューは、元々この街にあった『落ち葉亭』という店の店主が作っているという話だ。

「はい。『落ち葉亭定食』ですね。お酒は何になされますか？」

「この『最強酒』をストレートで頼む」

最強酒。
その名の通り、この店にある中で最強の酒だと書かれている。

火をつければ普通に燃えるため、火気厳禁らしい。

この酒を選んだのは、その方が魔力が分かりやすいからだ。

俺の予想が正しければ、この店の背後に誰がいるかは、酒に含まれる魔力を見るだけで分かる。

それを調べるには、できるだけ度数が高い方が好都合だという訳だ。

「えーと、その酒はものすごく強いですが……本当に割らないんですか？」

「問題ない」

魔法戦闘師は、一般的な毒物に対する高い耐性を持つ。

空気に毒を混ぜられたくらいで倒れるようでは、お話にならないからだ。

酒を毒に分類するかどうかは色々と意見が分かれるところだろうが……毒物と同じ方法で無効化できることに変わりはない。

「……かしこまりました。火気には気をつけてくださいね」

そう言って店員は、手に持った魔道具のボタンを押す。
すると通信用らしき魔力が魔道具から発信された。

この魔力をキッチンが受信することで、店員が戻るのを待つことなく料理人達が調理に取りかかれるという訳だ。
……この店は、随分と先進的なシステムを採用しているようだな。

ほどなくして、注文した料理が席に届いた。
それを見て、俺は呟いた。

「……やっぱりか」

酒には、ルリイの魔力反応があった。
溶け込んでいる魔力はごく微量だが、俺がルリイの魔力反応を間違える訳はない。
この店の酒は、ルリイの魔法によって作られていたということだ。

とはいえルリイが、こういう店を作るとも思えない。

裏にいるのは……。

◇

それから1時間ほど経った頃。

俺は街の外れにある1軒の倉庫――に見せかけた、『酒場ゴールドレール』の事務所にやってきていた。


この場所を見つけるのは簡単だった。

ただ単に、経営者の魔力反応を探ってきただけだ。

その魔力反応は、俺もよく知っているものなのだから。


「……ということで、店の経営は極めて順調です。問題があるとすれば……2階席を増設してもなお、時間帯によっては席数が不足することでしょうか」

「じゃあ、そろそろ2号店を出した方がいいかな。ボクの知り合いに腕のいい生産系魔法使いがいるから、どこかに建物を買って改装してもらうことにするよ。名前は……店長になる料理人が持っていた店と同じ名前にしようか?」

「それはいい案ですね。自分の店を復活させられるとなれば、料理人達も喜ぶと思います」

どうやら2号店ができるみたいだな。

1号店ができたのも最近だというのに、随分と拡大が早いことだ。

「問題は例の『鉄道』とやらの建設が終わった後、お客さん達の仕事がなくなって一気に景気が悪くなってしまわないかどうかですが……」

「心配はいらないよ。アレ以外にもまだまだいろんな設備が建つし、仕事もどんどん増えるから!」

「……随分な自信ですね。領主様達が何をしようとしているのか、我々には検討もつかないのですが……ルーマ様はそこまでお見通しなのですか?」

「まあね！」

……領地の機密情報が、微妙に漏洩（ろうえい）している……。

まあ、別に隠すような情報ではないからいいのだが。

その後は2号店の具体的な場所などについての話があった後に、会議は終わったようだ。

事務所から機密漏洩の犯人が出てきたところに、俺は声をかける。

「ルーマ」

「ん？　ボクに何か……げっ！」

俺の顔を見て、ルーマ……もといアルマは、しまったというような顔をする。

この店の裏側にいたのは、アルマだったのだ。

「ば……バレてた？」

「酒にルリイの魔力が残ってたからな。普通に実名で経営すればいいものを……なんで偽名なんて使ってるんだ」

「いや、なんか領地でお金儲け(かねもう)をしたら怒られるかなって……」

なるほど。

それが理由で、わざわざ偽名なんて使ってたのか。

「領地にとって被害がある方法なら怒るが……まともに商売をするぶんには、怒る理由なんてないぞ」

「……本当に？」

「儲かるなら税金は取るけどな」

前領主の暴政によって領民達の生活は逼迫(ひっぱく)している。

だから一時的に税金をかなり軽減したり、なくしたりしているのだが……相手がアルマならその必要はないだろう。

店自体も、かなり儲かってるみたいだしな。

「ひどい！　ボクだって領民なのに！」

「そう言われてもな……」

まあ規則として決めた以上、アルマだけに税金を課するという訳にもいかないか。

適当なタイミングで、抜け穴は塞いでおくことにしよう。

◇

そんな騒動を経つつも、線路が完成する時期が近付いてきた。

線路だけあっても、上に乗せる貨車がないのでは意味がない。

そこで俺は、ルリイによる設計を待っていたのだが……。

「できました！」

そう言ってルリイが、設計図の束を持ってやってきた。

どうやら設計が終わったようだ。

必要な仕様などの割に、随分と時間がかかった気がする。


「……なんか、設計図が多くないか？」


山のように積まれた図面や設計書を見て、俺はそう呟く。

俺の予想では、この半分にも満たない枚数になるはずだったのだが……。


「……薄々気付いてましたが、やっぱり多いですよね……」

「どうしてこんなに増えたんだ？」

「思いついたアイデアを詰め込んでいたら、気付いたらこんな感じに……」


設計図の枚数は、複雑で高性能な機械になるほど増えていくのが基本だ。

領地内での輸送に使う貨車は積載重量こそ大きいが、そこまで速度も機能も必要ないので、大した枚数にはならないと思っていた。

そんなことを考えつつ俺は、設計図をめくっていく。
すると、枚数が増えた理由が分かった。
この貨車、明らかにオーバースペックだ。

「最高時速150キロって、そんなに必要か？」

「えっと……速い方がいいかなって思って頑張りました！」

俺の領地はそんなに広くない。
150キロ出せる設計でも、その半分も出さないうちにすぐに街の端へ行き当たってしまう。
遠方まで線路を延ばすことになれば、速度を上げる必要が出てくるかもしれないが……今では明らかに性能過剰だ。

スピードを出すのは、ただ魔法動力を上げればいいという訳ではない。

脱線対策や騒音の問題、それに緊急時に備えたブレーキ性能など、改善が必要な点は多岐にわたる。
だが、そういった問題も、全てしっかりと解決してあった。

「……耐荷重、やたら多くないか？」

迷宮粗鉱を満載しても安全なように……というのが、今回の魔法貨車に必要な耐荷重だ。
だがルリイが設計した貨車は、その5倍近い荷重に耐えられる設計になっていた。
その重さを積んだまま輸送の衝撃に耐えられる仕様になっているので、ただ静かに荷物を載せるだけなら、想定の50倍近い重量の荷物を載せられると見ていいだろう。

「えっと……そのうちアダマンタイトとかを山積みすることもあるかもしれないので、とりあえずこのくらいにしておきました！」

なるほど。
そういえば俺は、コスト意識というものを教えていなかったな。

機械の性能を上げれば、当然コストも増えていく。

戦闘用に使う武器などの場合、値段はどうでもいいからとにかく性能を求めるケースも多い。

だから俺は、とにかく性能を上げる方法をルリイに教えてきた。


だが、こういった領地内で使う産業用機械の場合、話が少し変わってくる。

貨車というのは、同じものを何本も作って運用しなければならないのだ。

コストについては当然考えておく必要がある。


ということでこの設計は……。

「よし。設計の大筋はこれでいこう」


アリだ。

確かにこの性能は、今すぐには使わない。

だが将来的には、必要になる可能性も高い。

どうせ必要になるのなら、今作っておくのも悪くない。

半端(はんぱ)なものを作って後で作り直すより、最初からいいものを作って長く使う方が、最終的には安上がりというものだろう。

製造を領内で行えば、技術向上にもなりそうだしな。

「やった！　一発オーケーが出ました！」

「いい設計だ。……希少金属や大型魔石が全く使われていないのは、狙ってやったのか？」

「武器とかに使いたいものは、使わないようにしました。ミスリルとかは一杯手に入ると思うので……」

俺がルリイの設計を採用したのは、これが理由だ。

確かにこの設計図はオーバースペックで、製造には大量の資源を必要とする。

だがアダマンタイトやオリハルコンといった、武器に使いたい希少金属が一切使われていないのだ。

動力も比較的簡単に手に入る、小型の魔石が使われている。

大量の資源は消費するが、本当に欲しい資源は消費しない。

領地の状況を考えた、いい設計だ。

必要な資源量を見たらルーカスあたりは卒倒するかもしれないが……そこは、俺が説得にあたるとしよう。

◇

「これ、作れませんよ」

俺が図面を持っていくと、さっそくルーカスから反対が出た。

予想はしていたが……やはり説得の必要があるようだな。

「コストの問題なら、最初は俺の財産を使えばいい。十分足りるはずだ」

「いえ。そういう問題ではなく……部品が作れないんです」

「部品が？」

「はい。例えばこの部品ですね」

そう言ってルーカスが、図面の一枚を指す。

何の変哲もない、動力を伝えるシャフトの図面だ。

材料はただのミスリル合金。重量は10キロにも満たない。

全く難しい部品には見えないのだが……。

「これ、なんで作れないんだ？」

「形が複雑すぎます。例えばここですが……工具が入らないはずです。ミスリル合金は鋳造も難しいですし、どうやって加工するつもりですか？」

ルーカスの質問を受けて、ルリイは意外なことを聞かれたような顔をした。

俺も同じ感想だ。ルーカスが言っている意味が分からない。

「えっと……普通に魔法で加工します」

「魔法加工で、こんな細かい形は作れませんよね？」

「作れますよ？　ええと……」

そう言ってルリイは、周囲をきょろきょろと見回し、金属製の燭台(しょくだい)を手に取った。

ルリイはそれに魔力を流し込み、形を変え始める。

「こんな感じで、作れると思います」

燭台が形を変えていくのを、ルーカスは呆然(ぼうぜん)と見守る。

そして最後にルリイは、燭台を元の形に戻した。

施されていた装飾などの複雑な部分も、そっくりそのままだ。

「魔法加工って、こういうものでしたっけ……？」

「……こういうものですよね？」

「第二学園での魔法加工については色々と伺っていますが……私の知識では、この10分の1も精度が出ないという認識だったのですが……ルリイ様が特別ということではなく？」

「その話って、いつ聞いた知識だ？」

「半年ほど前です」

なるほど。

確かに半年前だと、この加工をできるやつは少なかったかもしれないな。

だが第二学園生達は、急速に成長し続けている。

例の『魔法自動馬車』に使われていた部品は、ルリイが設計したものよりむしろ複雑なくらいだ。

第二学園生に加工を任せれば、間違いなく作れるだろう。

1台や2台ならルリイに加工を任せてもいいのだが、たくさん作るとなると第二学園か第一学園の手を借りたいところだな。

「第二学園の加工技術はどんどん進歩しているから、新しいものを調べてみてくれ。『魔法自動馬車』を見た限り、今の技術ならこれくらいは作れるぞ」

「しょ……承知いたしました。まさかたった半年で状況が変わるとは……第二学園というのは、本当に恐ろしいところなのですね……」

「ここまで進歩が早くなったのは、グレヴィルが来てからかもしれないけどな」

グレヴィルは第二学園の先生として、なかなかよくやってくれているようだ。

『魔法自動馬車』を見る限り少々常識に欠ける面はあるようだが……一応安全も確保しているようなので、問題はないだろう。

そんなことを考えつつ俺は、図面に承認のサインをしたのだった。

第五章

chapter 5

王都から資材が届いてから、数ヶ月後。

俺達はいつものように、迷宮での狩りを終えようとしていた。

「イリスもだいぶ、動く敵に力の入った槍を当てられるようになったな」

このところ俺達は毎日のように、領地にある迷宮に潜っていた。

元々は、ただ資源を取るために制圧を進めていた迷宮だったのだが……深めの層に潜ってみると地形的に鍛錬に向いていたため、俺達はここで鍛錬をしていたのだ。

領地経営を丸投げして戦っていただけあって、この数ヶ月で戦力はかなり上がった。

強力な魔族などと戦った後で、魔物と戦って経験を積むと、一気に戦力が伸びやすいのだ。

「はい！　ゆっくり動く相手なら、だいたいいけると思います！」

そう言ってイリスが、だいぶ慣れた動きで槍を振り回す。

もちろん成長したのは、イリスだけではない。

イリスと違って魔力的な伸びしろが多いアルマとルリイは、以前とは比べものにならないほど強くなっていた。

ほとんどは魔法的な変化なので、見た目ではあまり分からないのだが。

最初のうちは30階層あたりで鍛錬をしていたのだが、今では39階層でも安定して狩りができるようになっている。

45階層クラスの魔物が相手でも、出る魔物が少ない状況——例えばこの迷宮の制圧を始めた当時に、『龍脈の炎』で雑魚（ざこ）を倒し終わった後などの状況なら、力押しで制圧できるだろう。

魔力の量も、当時よりはだいぶ増えたしな。

などと考えつつ、俺は帰り道を歩いていたのだが……その途中で、妙な魔力反応を見つけた。

「ちょっと待ってくれ」

俺はそう言って、その場で立ち止まった。
そして『受動探知』で、周囲の魔力を探る。

「何かありましたか？」

「……ん？　……見慣れない魔物がいる気がする」

立ち止まったアルマが、訝しげな声で呟いた。
どうやらアルマも気がついたようだ。

「ああ。魔物がいる」

俺はそう答えてから、周囲の状況を探る。
もちろん俺は、普通の魔物がいたくらいで立ち止まったりしない。
普通は魔物がいないはずの場所に、魔物がいたのだ。

「変な魔物がいるのは、そうなんだけど……この反応の位置、壁の中じゃない？」

アルマは少し考え込んでから、そう呟いた。

……どうやらアルマの探知能力も、随分伸びたようだな。
弓使いは遠距離から敵の弱点を射貫くような戦い方をすることが多い。
そのため鍛錬を積んでいくと、探知能力が非常に高くなるのだ。

「ああ。魔力反応は壁の中からだ。……どういうことだと思う？」

「ううん……『受動探知』の位置をずらすために、おとりを使う魔物……とか？」

おとりか。
確かに魔物の中には、探知対策のおとりを使うようなやつもいる。
だが、これはそのパターンじゃないな。

「おとりじゃないな。魔物は実際に、探知で見た通りの位置にいる」

「……ってことは、壁の中?」

「ああ。……迷宮壁を食い荒らしながら移動しているんだ」

そう話している間にも、魔力反応はだんだんと近付いてくる。

壁があろうとなかろうと、おかまいなしという感じだ。

その動きは決して速くはないが、遅くもない。

さらに魔物は、俺達が上の階層に戻るために使うルートを把握しているようで、そのルートを塞(ふさ)ぐように移動してくる。

このままいけば、絶対に戦うことになるだろう。

「……近付いてきますね」

そう呟いてルリイは、魔物のいる方に警戒の目を向ける。

どうやらルリイも、魔力反応に気がついたようだ。

だいぶ戦いに慣れてきただけあって、冷静な反応だな。

今までこの迷宮で戦っている時に、階層主と戦うことが何度かあった。
階層主の中には、迷宮壁を壊すくらいの力を持った者もいる。
そのため、壁を壊して近付いてくる魔物程度なら、そこまで怖がることはない。
だが、魔物が近付いてくると、ルリイとアルマの反応は困惑へと変わっていった。

「あの、この魔力……大きすぎませんか？」

「階層主にしても、大きすぎるような……」

そう言ってルリイとアルマが、少し後ずさった。
……鍛錬を積んでいるだけあって、よく分かってるじゃないか。

「ああ。この階層主……39階層のやつじゃないな。多分、最下層……いや、それよりさらに下の層のやつだな」

『受動探知』に映る魔物の魔力反応は、今まで戦ってきた39階層クラスの魔物とは格が違った。
明らかに、この階層にいてはいけない魔物だ。

「最下層よりさらに下⁉　それって……『未完成階層』ってやつ？」

「ああ。その『未完成階層』だ」

『未完成階層』。
それは迷宮の最下層よりさらに下にある、未踏の領域だ。

迷宮というのは、最初から深い状態で形成されるものではない。
龍脈や地形、周辺環境などの影響で作られる迷宮は、できた当初には1層しかないのだ。
『未完成階層』は、迷宮が深くなっていく過程に関わっている。

迷宮が深くなる時、最深層の次の層は、何もないところから急に生まれる訳ではない。
最深層よりさらに下に空洞が生まれ、その空洞の内部が迷宮化し、最後に迷宮本体とつながることで新たな層ができるのだ。

この『既存階層とつながる』より前の段階の空洞を、『未完成階層』と呼ぶ。

未完成階層と迷宮本体の間は通常、迷宮壁よりはるかに頑丈な『階層床』によって隔てられているので、未完成階層の魔物が迷宮本体に現れることはない。

例外が、その頑丈な『階層床』すら破壊できる力を持った魔物だ。

「『未完成階層』の魔物……それって、かなりヤバいんじゃ……?」

「ああ。50階層の階層主より強いと見ていいだろうな」

『未完成階層』は迷宮本体とつながっていないため、迷宮本体に比べて魔力濃度が高くなる。

そのため、通常の階層に比べてはるかに強い魔物が現れることになるのだ。

「50層の階層主って……それ、どうするんですか……?」

不安げな顔で、ルリイが尋ねる。

その脚は、小刻みに震え始めていた。

とはいっても、ルリイの脚が恐怖で震えているという訳ではない。
俺達が立っている迷宮全体が震えているのだ。
……このクラスの魔物だと、ただ移動するだけで迷宮を揺らしてしまうんだよな。

「せっかく来てくれたんだ。出迎えるしかないだろ」

話している間に、魔物と俺達の間にある距離はほとんどなくなっていた。
あと10秒もすれば、迷宮壁を食い破った魔物が出てくるだろう。

逃げようにも、すでに逃げ道は残されていない。
となれば、倒す以外の選択肢はないだろう。

もっとも……たとえ逃げ場があったとしても、逃げる気など全くないのだが。
……深い階層から出てきただけあって、いい素材を持っていそうだしな。

「来るぞ、イリスの方からだ！」

そう言った直後——イリスの目の前の壁が崩れ、魔物が顔を出した。
その頭部は蛇のような見た目をしているが……全てが岩石でできている。

——『クリスタル・デバウアー』。
岩石の体を持ち、巨大な蛇の姿をした魔物だ。

だが、これはその亜種だな。
通常の『クリスタル・デバウアー』に、階層床を食い破るような力は絶対にない。

「キアアアアァァァァァ！」

魔物は耳障りな声を上げながら、イリスへと迫る。

イリスは槍を構え、今まで練習してきたやり方で突き出すが——遅い。
十分にスピードが乗る前に『クリスタル・デバウアー』はイリスの槍へと激突した。

イリスはよろけながらも、槍を構え直す。

普通の人間なら、今の衝撃だけで槍が砕けていただろう。

『クリスタル・デバウアー』は、イリスを深追いせず――ルリイとアルマを狙う。

恐らく、イリスを先に相手するのは愚策だと、分かっているのだろう。

高位の魔物は、本能的に敵の強さを見抜き、戦う相手の優先順位を決める力を持つのだ。


だがイリスが稼いでくれた時間のお陰で、俺が対処する時間ができた。

俺は剣を構え、敵の頭部を迎え撃つ。


この魔物が持つ最強の武器は、頑丈極まりない顎と歯だ。

階層床すら食い破るその顎にとって、人間の肉や骨など軟らかいパンのようなものだ。

ミスリル合金で作られ、幾重もの付与魔法で強化された剣でさえ、この魔物にとっては魚の小骨と大差ないだろう。


だから俺は、その顎を頭ごと『弾く』ことで対処する。

いくら強力な顎だろうが、噛まなければその力は発揮できないからな。

「対処は普段通りだ！　普段通りに、強い魔物を相手する方法でやってくれ！」

俺はそう叫びながら、剣で敵の頭を受け止めた。
だが——やはり、力が強い。

剣に力を入れても押し返せないどころか、ゆっくりと押し込まれる。
しっかりと刃を立てて受け止めているにもかかわらず、敵が持つ岩石の体には傷一つなく、逆に剣が刃こぼれする。

受け流すことすら許されない。
攻撃を受け流すのにも、敵の数割程度の力は必要だ。
あまりに物理的な力の差がありすぎると、受け流すより前に押しきられてしまう。

かといって、これ以上剣に力を入れると——剣がもたない。
俺が今持っている剣は、ルリイによって強力な付与魔法を付与されている。

数ヶ月前の俺であれば、まともに扱っている限りは全力を出しても壊れるようなことはなかった。

だが――今の俺の全力に、この剣では耐えられない。
そもそも、そのような力に耐えるように設計されてはいないのだ。

しかし、こうなることは予想がついていた。
迷宮の階層床を破るには、顎の力だけでは不十分だ。
そもそも体の力自体が桁外れに強くなければ、迷宮の階層は突破できない。
そして目の前にいるのは、その階層床を食い破ってきた相手なのだ。

もちろん、対策だって用意している。

「そっちだ！」

俺は剣の横に結界魔法を展開し『クリスタル・デバウアー』の力の一部を受け止めさせる。
そして、結界が砕けると同時に、敵自身に圧力魔法を付与することで、敵を弾き返した。

「キオオオォォォ！」

弾き返された敵が、怒りの声を上げた。
だが、敵にダメージは一切感じられない。

その代わり——剣で弾き返された先には、イリスがいた。
ただ攻撃をさばきたいだけなら、他にも方法はいくつもあった。
俺がわざわざ敵の攻撃を受け止めてから弾いたのは、イリスが攻撃体勢を整えるのを待って、的確に『攻撃しやすい場所』へと送り込むためだ。

「このタイミングなら、外しませんよ！」

イリスはしっかりと一度槍を構え、靴を地面に食い込ませると、力の乗った突きを繰り出した。
あれだけの力を誇っていた『クリスタル・デバウアー』が、まるでただの蛇であるかのように吹き飛ぶ。

「ギオオオオォォォ！」

敵が初めて、悲鳴らしい悲鳴を上げた。

イリスの全力の突きは、それだけ凄まじい威力を持っていた訳だ。

そして――敵が吹き飛んだ先には、いくつもの魔道具が転がっていた。

「起動します！」

ルリイがそう叫ぶと、地面に転がっていた魔道具がほぼ同時に展開した。

地面にあらかじめ魔道具を撒いておき、的確なタイミングで起動する。

これはルリイが、最近の鍛錬で習得した技術の一つだ。

一見、簡単そうに見えるこの技術だが――実際にやろうとすると、意外と必要になる技術は多い。

状況に応じてどんな魔道具を使うかを一瞬で判断した上で『敵には当たるが、味方は巻き込まない』位置に魔道具を用意しなければならないのだ。

その魔道具の用意にも、付与魔法師として高い技術の習得が必要となる。
あらかじめ、全てのパターンに対応した魔道具を用意していれば付与の力は必要ないが
——それは現実的に不可能だ。

戦闘において有効に魔道具を作用させるには、最低でも100種類以上の魔道具から有効なものを選ぶ必要がある。
たとえ収納魔法を持っていても、魔力全てを収納魔法のためにつぎ込む覚悟でもない限り、持ちきれる量ではない。

「『魔力障壁破壊』命中しました！」

発動した魔法は、『クリスタル・デバウアー』の体へと吸い込まれていった。
今の魔道具は、直接的に敵を攻撃するようなものではない。
敵の体に浸透し、体の表面にある『魔力障壁』を弱めることによって、魔法への抵抗力を落とすものだ。

「了解！」

ルリイの宣言を聞いて、今度はアルマが3本の矢を同時に放った。

3本の矢は『クリスタル・デバウアー』の体の中でも、特に魔力回路が集中している部位へと正確に命中した。

刺さった矢から拘束魔法が発動し、敵の動きが止まる。

通常であれば、矢に付与できるような拘束魔法で、このクラスの魔物を拘束することはできない。

それでも拘束が成功したのは、ルリイの『魔力障壁破壊』が、あらかじめ魔物の魔法抵抗力を奪っていたからだ。

拘束が成功したとはいえ、このクラスの魔物は魔力障壁の再生も早い。

あと5秒もすれば魔力障壁は復活し、拘束魔法の効力はなくなるだろう。

だが、それで十分だった。

「これを使うのも久しぶりだな……」

そう呟きながら俺は、剣に『空間魔力エンチャント』を発動する。

この魔法は、剣に対して付与する魔法の中でも、かなり特殊なものだ。

普通の魔法は『剣』という物体の物理的性質を強化することによって攻撃力を上げるが、この魔法は剣の刃先の空間を歪め、空間ごと『こじ開ける』ようにして敵の体を破壊する。

無理矢理に空間を歪めるだけあって、極めて高い魔力と魔法制御力が必要になる魔法だ。

ボウセイルに来た頃の俺の力では、発動すらできなかっただろう。

最初からこの魔法を使わなかったのは、それだけ発動する際の負担が重い魔法なので、確実に決められる状況で使いたかったからだ。

そんな魔法だけあって——その攻撃力も凄まじい。

「そこだ！」

俺が剣を振ると、さっき俺の剣で傷一つつかず、逆に刃こぼれまでさせた『クリスタル・デバウアー』の体は――まるで豆腐でも斬り裂くかのように、なめらかな切り口で切断される。

そして剣は、体の中心付近にあった石――『コア』を斬り裂いた。

この『コア』こそ、岩石の塊でしかない『クリスタル・デバウアー』を魔物として動かしているもの――いわば本体だ。

拘束された状態の体が、ビクリと痙攣する。

だが――。


「まだ死んでないぞ！　ルリイ、照らした場所を精錬してくれ！」

そう言って俺は『クリスタル・デバウアー』の体の一箇所を光魔法で照らす。

実はこの魔物には『コア』が２つある。

高位の魔物の場合、生命維持器官を２つ持っているような魔物もそこまで珍しくはないのだ。

今はメインのコアを破壊したため、敵の動きが止まっているが――少しすればメインのコアが切り替えられ、魔物は息を吹き返す。

前世では、こういった状況で『魔物を倒した』と勘違いした魔法戦闘師が、復活した魔物に殺されるようなケースも珍しくなかった。

だが……もちろん、復活などを許すはずもない。
要はコアが切り替わる前に、2つ目のコアも潰してしまえばいいのだ。

「せ、精錬すればいいんですね！　分かりました！」

そう言ってルリイが『クリスタル・デバウアー』に駆け寄り、精錬魔法を発動する。
普段『迷宮粗鉱』を精錬するような時に使うのとは違う、高出力で高速な精錬魔法だ。

いくら魔物の体の一部だとはいっても、所詮は岩石。
ルリイの手が触れた場所から敵の体は精錬され、金属と残土が地面へと崩れていく。

そして、魔物の体がだいぶ削れた頃――2つ目のコアから、魔力が放出され始めた。
『クリスタル・デバウアー』を動かすメインのコアが、切り替わろうとしているのだ。

「後ろに下がってくれ！」

俺はコア切り替えの予兆を見て、ルリイにそう告げる。

完全にコアが切り替わった後の『クリスタル・デバウアー』の周囲は、残念ながらルリイが生き残れる場所ではない。

ここからは、俺の役目だ。


「はい！」


そう言ってルリイは、後ろへと下がった。

それと入れ替わりに俺は前に出て、剣を構えながら魔石を砕く。


『特殊魔力エンチャント』。

今まで何度も使ってきた、砕いた魔石の魔力を剣に纏(まと)うことで威力を増強する魔法だ。

ルリイが精錬魔法で敵の体を削り取ってくれたお陰で、この魔法でもコアに届く。


「ギュオオオオォォォォォ！」

雄叫(おたけ)びを上げ復活しようとする『クリスタル・デバウアー』に、俺は剣を突き立てる。
剣はルリイが開けた穴を通り、敵のコアを完全に破壊した。

「ゴオオォォォォ！　ギュオオオオオォォォ！」

魔物は断末魔の叫びを上げ——今度こそ動かなくなった。
討伐(とうばつ)完了だ。

「これで終わりだな」

俺はそう言って『クリスタル・デバウアー』の体に手を当て、内部の魔力を探る。
予想通り、内部に生きているコアは見当たらなかった。

「ご、50階層クラスの階層主が相手って聞いた時にはヤバいって思ったけど……意外となんとかなっちゃったね」

そう言ってアルマが、動かなくなったクリスタル・デバウアーにおそるおそる近付いていく。

……さっき復活するのを見てしまったので、もう動かないと分かっていても怖いようだ。

そう考えていると、ルリイが口を開いた。

「でも……マティくんの剣、ちょっと刃こぼれしてませんか？　さっきもなんとなく、剣をかばいながら戦っていたような……」

ルリイはそう呟きながら、俺が持っている剣を観察する。

どうやら、剣を気にしながら戦っていたのも気付かれていたようだな。

熟練の鍛冶師は、ひと目見ただけで自分が打った剣の調子を理解するというが――そんな感覚なのだろう。

「ああ。せっかく打ってもらった剣なんだが……結構酷使することになってしまった。悪いな」

そう言って俺は、刃こぼれした剣をルリイに見せる。

剣は刃こぼれするだけでなく、一部は完全に欠けていた。

このままではもう、武器としては使えないだろう。

「あー……やっぱり、ここから壊れちゃいましたか。この剣を作った時のことを思い出すと、ちょっと恥ずかしいです。ここの付与とか、もうちょっとうまくできたはずなのに……。これはマティくんのせいじゃないです。作る時の失敗です」

そう言ってルリイは、剣の欠けたあたりに触れる。

実はルリイが言う通り……この剣がここから壊れるのは、予想がついていた。

この剣を作った当時……ルリイはまだ今ほど付与魔法の腕を持っておらず、付与の強度にはムラがあったのだ。

剣が欠けたのは、ちょうどその付与魔法が弱かった位置だった。

だが、この剣を『失敗』と言うのは違う気がする。

当時のルリイが作れるレベルの剣として、この剣は間違いなく最高のクオリティだった。

実際に、エイス王国にはこの剣とは比べものにならないほど弱い剣が、何本も国宝として大事にされている。

今までにルリイが作った武器の中でも、この剣は最高傑作(けっさく)といって間違いないだろう。

とはいえ、この剣をルリイが作ったのは、ルリイがまだ第二学園にいた頃だ。
あの頃の俺達と今の俺達では、力のレベルが違う。

俺達の成長に対して、剣がついてこられなかっただけだ。
昔作った剣を『恥ずかしい』と言えるのは、今のルリイと昔のルリイでは、鍛冶師としての実力が違う証でもある。

「……新しい剣を作りたいです。今度は、マティくんの全力に耐えられるような剣を……」

欠けた剣を見て、ルリイがそう呟く。
それからルリイは顔を上げて、もう一度口を開いた。

「今の私なら、もっと強い剣を作れますよね？」

それは質問ではなく、確認だった。
俺はそれに、迷いなく頷く。

……そもそも、俺が領地を受け取ることに決めたのは、こういう時に武器を作るためだしな。

「もちろん作れる。……ちょうどいい材料もあることだしな」

そう言って俺は、力を失って地面に転がった『クリスタル・デバウアー』の一部を拾い上げる。

見た目はただの岩石だが——迷宮壁などとは、質感が違う。

「この魔物の体ってもしかして、『未完成階層』の階層壁とか……？」

俺が拾い上げた石を見て、アルマが尋ねた。

確かに『未完成階層』の階層壁なら、60階層クラスにはなるので、それなりにいい素材が手に入るだろう。

だが、この体はもっといい。

「この魔物には、体内で鉱石を濃縮する性質があるんだ。だからこそ、あんなに頑丈で倒しにくい魔物なんだが……手に入る金属は素晴らしい。そこを見てくれ」

そう言って俺は『クリスタル・デバウアー』の、体に開いた穴のあたりを指す。
ちょうどルリイが、精錬魔法で穴を開けた場所だ。
そこには、キラキラと輝く金属が散らばっていた。

「これは……ミスリルと、アダマンタイトと……オリハルコンですか？」

散らばった金属を見て、ルリイがそう尋ねた。
流石(さすが)に普段からよく金属を見ているだけあって、見分けは正確なようだ。
まあ、アダマンタイトやオリハルコンは、ルリイも実物を見る機会はあまりないだろうが。

「ああ。他にも希少な金属が多少あるが、ほとんどはその3つだな」

「ミスリルはともかく、アダマンタイトやオリハルコンがこんなに……」

ルリイが呆然(ぼうぜん)と、精錬魔法を使った場所を見つめる。
……確かにルリイは高速な精錬魔法を使ったが、それを発動し続けられた時間は、あまり長くなかった。

そのため、精錬魔法が効いたのは巨大な『クリスタル・デバウアー』の体の中では、ほんのわずかな部分にすぎない。

にもかかわらず、これだけの量の希少金属が手に入ったということは……それだけこの『クリスタル・デバウアー』の体が、大量の鉱石を含んでいるということだ。

今の精錬魔法で手に入った金属量から計算すると……。

「この感じなら、俺の剣とアルマの弓は両方、作り直せるかもな」

そう言いつつ俺は、どんどん収納魔法へと岩石を詰め込んでいく。

これだけの量を精錬するとなると、かなりの魔力が必要になる。

それは浅い階層に戻ってからやるべきだろう。

いくら戦いが好きだといっても、魔力切れの状態で強い魔物と戦う趣味は俺にはないからな。

同じ魔物の体の中でも、金属の濃度にはムラがある。

実際にどのくらいの量が採れるかは、やってみてのお楽しみだな。

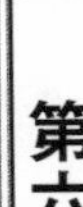

第六章 chapter 6

それから少し後。

俺達は迷宮の第5階層へと戻ってきていた。

このくらいの階層であれば、たとえ階層主が出てきても魔力なしで対処できる……というかイリスが槍で殴れば即死するような敵しかいないので、もはや魔物はいないも同然だ。

どうせなら1階層まで戻ってしまえば一番安全なのだが、現在この迷宮の第1階層は、領地に新設した生産施設の材料採掘場となっている。

そんな場所で作業すれば、何をやっているかがバレバレだ。

別に情報を隠すような理由はないのだが、武器作りを見せびらかす趣味もないからな。

このあたりの階層が、ちょうどいいだろう。


「よし、ここで精錬するか」

ちょうどいい平らな場所を見つけたところで、俺はそう言って地面に『クリスタル・デバウアー』の体を構成していた岩石を広げた。

あらためて広げてみると……やはりでかいな。

「えっと、これを砕けばいいのかな？」

「ああ。道具はこれを使ってくれ」

そう言って俺はアルマに、鉱石砕き用のハンマーを渡す。

このハンマーは『脆性破壊（ぜいせい）』など、鉱石を砕くのに便利な魔法が付与されているため、精錬作業で重宝している。

今のルリイの実力なら、やろうと思えば砕いていない鉱石からでも精錬ができるのだが……

魔力消費が大きくなるからな。

大量の鉱石を精錬する時には、やはり基本通りに鉱石を砕いてからやるのが一番だ。

……鉱石砕きは、イリスの手を借りられれば一番早いのだが……イリスがやると、力の入れすぎとかで鉱石が変なところに飛んでいってしまうからな。
以前、『脆性破壊』を付与したハンマーを渡したら、柄が折れたし。

普通の迷宮壁とかを雑に精錬する場合にはいいが、こういった貴重な鉱石を扱う場合には、イリスは護衛役だ。
5階層クラスの魔物だと、イリスの姿を見ただけで魔物が怖がって逃げ惑ったりするので、護衛の必要すらなかったりするが。

「これ、硬くない？」

地面に落ちた岩をハンマーでひと叩(たた)きして、アルマがそう呟(つぶや)いた。
叩いた岩には、傷一つついていない。

今回『クリスタル・デバウアー』を直接殴ったのは、俺とイリスだけだ。
硬さを知らなかったのも、仕方がないだろう。

「希少金属が含まれているから、普通より硬いんだ。……でもハンマーの性能は足りているから、普段よりちょっと力を入れれば砕けるはずだ」

「あっ、ほんとだ」

そう言ってアルマは、鉱石を砕き始めた。
アルマは魔力と一緒に体力なども上がっているので、この程度の作業では大した負担にもならないだろう。
そう考えつつ俺も、一緒に鉱石を砕く。

「砕いた鉱石、精錬しますね！」

そう言ってルリイは、俺とアルマが砕いた岩をかき集めて、どんどん精錬していく。
……いいペースだ。
この調子なら、精錬にそこまで時間はかからないな。

◇

それから、しばらく後。

「これで最後だな」

「はい！」


そう会話を交わしてから、ルリイは最後にわずかに残っていた岩を精錬した。

ルリイの足下には、精錬で手に入った金属が積まれている。


ミスリルが10キロ。

オリハルコンが4キロ。

アダマンタイトが2キロ……といったところか。

あといくつか、その他の希少金属が入っているが、その量は極めて少ない。

恐らくこの『クリスタル・デバウアー』は、ミスリルとオリハルコンとアダマンタイトを好んで食べていたのだろう。

これだけの量の金属が手に入っているにもかかわらず、鉄がほとんど入っていないのが『クリスタル・デバウアー』の特殊さをよく表している。

「この感じなら、俺とアルマの武器を両方、オリハルコンで作れそうだな」

「アダマンタイトもありますけど……これは使わないんですか？」

「ああ。アダマンタイトは確かに強力な金属だが、ちょっと重いからな。俺達の戦い方なら、今はオリハルコンの方がいい」

アダマンタイトは、希少金属の中でも比較的扱いにくい金属だ。

素晴らしい硬度を持つが、そのぶん加工が難しく、付与魔法をしっかり定着させるのも難しい。

そして何より、アダマンタイトは重い。

イリスのように『重さはあまり関係ないから、とにかく強度が欲しい！』というような時に重宝するのが、アダマンタイトという金属だ。

「確かに……教科書とかで、重い金属だとは聞いてましたけど……本当に重いですね」

ルリイはそう言って、精錬し終わったアダマンタイトを持ち上げる。

できあがったアダマンタイトの塊は、ミスリルの30分の1ほどの大きさにしか見えないが

——それでも重さは2キロ近くある。

アダマンタイトの密度は、ミスリルの約6倍。金よりもさらに重い金属なのだ。

「オリハルコンは、ミスリルと同じくらいの重さですね。こんな大きな塊、初めて触りました」

そう言ってルリイが、できあがったオリハルコンの塊をまじまじと見つめる。

オリハルコンは、ミスリルなどとは比べものにならないほどの希少金属だ。

特に未加工の、精錬したての状態となると、今の世界ではほぼ手に入らないといっていい。

この状態が、一番加工しやすいのだ。

オリハルコンは成形した後で、大量の魔力を流し込むことで一気に硬化し、素晴らしい強度を発揮する。

そして一度硬化すれば、もう二度と強度が落ちることはない。

この特徴は、武器としては最高なのだが――逆にいえば、作った武器を鋳潰して新たな武器を作るのが難しいということでもある。

そのため、未加工のオリハルコンは材料として非常に貴重だ。

「こんなにオリハルコンがあったら、すごい武器が作れそうですね……」

ルリイがキラキラした目で、オリハルコンの塊をなでる。

いい材料を目の前にして目をキラキラさせるのは、職人なら誰でもやることだろう。

ルリイは今すぐにでも、武器を作りたそうな目をしている。

今の残り魔力なら、作れなくもないが……。

「悪いが、武器を作るのはもうちょっと先だ」

「えっ？」

俺の言葉を聞いてルリイが、遊んでいたオモチャを取り上げられた子供のような顔をする。
だがもちろん、俺は別にルリイに意地悪をするために言っている訳ではない。

「せっかく未加工のオリハルコンが手に入ったのに『ただのオリハルコン』で武器を作るのは、ちょっともったいないからな」

「もったいない……ですか？」

「ああ。オリハルコンはいい金属だが……ある希少金属を混ぜると、さらに凄まじい性能を誇る金属になる」

そう言って俺は、ルリイが精錬した金属に目をやる。
残念ながらこの中には、目当ての金属はないようだ。

オリハルコンよりさらに入手が難しい金属な上に、あの『クリスタル・デバウアー』はかなり好き嫌いが激しかったようなので、仕方がないだろう。

だが……今の俺達であれば、欲しい金属をすぐに手に入れられる。

それが手に入る場所に、今から行くとしよう。

◇

それから1時間ほど後。

俺達はボウセイルの領主館へと来ていた。

領主館は領地の状況が安定してきたところで、ルーカスに頼んで作ってもらったものだ。

敷地自体は、生産施設や教育施設を作って余った空き地なので、あまり広くはないが――設計の工夫によって、それなりに使いやすい屋敷になっている。

そんな領主館では、ルーカス達領地経営チームが仕事をしていた。

「ルーカス、今ちょっといいか？」

「もちろんです。領主様」

俺が尋ねると、ルーカスがそう言って立ち上がった。

ルーカスはこの領主館で領地経営を取り仕切る、実質的な領主みたいなものだ。

……領主は俺で、領主館は、一応俺の家のはずなのだが……ここにはあまり来ていないので、あまり実感はないんだよな。

なんとなく領主館だと落ち着かないので、普段は街の中にある宿に泊まっているし。

「生産施設の状況は順調か？」

「お陰さまで順調です。安定するまでは、ご迷惑をおかけしましたが……」

そう言ってルーカスが、額の汗を拭(ぬぐ)う。

確かに、この領地の生産施設が安定的に稼働し始めるまでには、それなりに苦労があった。

ここでは新たに雇った一般人に精錬魔法などを教え、鉱石などを精錬してもらうことになっていたのだが……第二学園と違ってこの領地にはプロの教育者がほとんどいなかったし、教える相手も学生ではなく大人だったので、また違った教育方針が必要になったのだ。

しかし、何より問題だったのは、教育にとれる期間が短かったことだ。
今の世界は魔族の侵攻や、魔物の異常発生といった脅威に晒されている。
そんな世界において、金属資源の供給は重要な課題だ。
どうせやるなら、できる限り急がなければいけない。
そのため第二学園のように、何年もかけて基礎から教える訳にはいかなかったのだ。

「いや、思ったよりはずいぶん早く安定稼働ができた」

長い時間をかけて『何でもできる、強力な魔法使い』を養成するのが目的の第二学園と、『生産魔法だけできればいい職人』を育てるのに必要な教育の内容は違う。
俺達は、雇ってきた人々を一刻も早く『半人前の付与魔法師』に育てるために、専用の教育カリキュラムを作った。

最初のうちは、それでも教育には手こずっていたらしいのだが……ルリイ達とともに、要点を絞って難易度を下げた教育内容を作った結果、1ヶ月ほどで生産魔法使いを養成できる体制が整った。

……とはいっても、俺達は教育カリキュラムの大枠を作っただけで、あとはずっと迷宮に潜って鍛錬をしていたのだが。

「そう言っていただけると助かります。……教育がうまくいったのはほとんど、領主様達と講師の方々のお陰ですが」

教育施設の講師は、エデュアルト校長の紹介でうちの領地に就職した第二学園卒業生が務めている。

無詠唱魔法のことをよく知っている上に、ゼロから無詠唱魔法の教育を受けた経験があったので、彼らはまさに適任だったのだ。

面倒な作業はほとんど、彼らが引き受けてくれた。

もちろん、それ相応の給料は出している訳だが。

「領地の経営はどんな感じだ？」

早速、本題（必要な素材の調達）に入りたいところだが——久しぶりにここに来たので、一応領主として街の経営状況も聞いておく。

気付かないうちに領地の経営が危なくなっていたりしたら、俺は大事な生産施設を失うことになってしまうしな。

実際に、この街が俺の領地になった直後は、すさまじい赤字を叩き出してルーカスが顔を青くしていたし。

「極めて順調です。何も考えていなくても膨大な黒字が出てしまうので、張り合いがないくらいですよ。……領地自体も一応は黒字ですが、何より『マティアス領第一迷宮鉱山』の収益が凄まじいです」

そう言ってルーカスが、領地の収支を計算した書類を俺に差し出す。

確かに、領地の税収などもゼロではないのだが……治安維持などにそれなりに金をかけているため、税収だけではほとんど黒字が出ていない。

だが『マティアス領第一迷宮鉱山』——通称『迷宮鉱山』が、税収など誤差に見えるほどの収益を叩き出している。

この『迷宮鉱山』は、凄まじく高コストな施設だ。

そのコストのうち90%以上を、人件費が占める。

100人単位の優秀な人々が動員され、それを高給取りの第二学園卒業生が指導し、膨大な量の『迷宮粗鉱』を日々精錬しているのだから、金がかかって当たり前だ。

職場の安全は第二学園卒業生によって守られている上に、給料が高いという理由で、『迷宮鉱山』での仕事は1枠の募集に対して100人以上が殺到するような人気職になっているらしい。

それだけの費用をかけているにもかかわらず、手に入る金属の価値が膨大すぎるため、大黒字らしい。

「そうか。初期費用が高すぎて赤字だという話を聞いていたが……今は黒字なんだな」

「確かに建設の時には、凄まじい金額がかかりましたね。マティアス様のパーティはあまりお金を使わないと聞いていたので、当時は驚いたものです」

この『迷宮鉱山』を開いた頃のことを思い出して、ルーカスが遠い目をする。

『迷宮鉱山』の教区施設と生産施設を作るのにかかった初期投資は、通常の領地ではありえない額だったらしい。

ルーカスが言うには……通常の領地から入る税収の10年分近くを、たった2ヶ月で使い果たしたということだそうだ。

まあ、その金は俺の財布から出ているし、別に回収できなかったところで気にはしないのだが……ルーカスはそのことを気にしていたようだ。

そんな様子を見て、ルリイが申し訳なさそうな声で言った。

「あー……ごめんなさい。最初はもっと安くするつもりだったんですけど、ちょっと楽しくなってしまって……」

『迷宮鉱山』の予算が膨らんだ理由は、意外にもルリイだ。

あの建物や設備は、設計の練習も兼ねて全てルリイが担当した。

問題は、その内容だ。

元々ルーカスは『とりあえず使えればいい』程度の感覚で施設を建築するつもりだった。

だがルリイは『どうせ作るなら、いいものを作りましょう!』などと言って、趣味全開で過剰な性能の設備を設計したのだ。

特に『迷宮粗鉱』を高効率に加熱するための炉などは、本来1500度程度の熱に耐えられればいいはずのところを、1万度以上の熱に耐えられるように作られている。

ここまでの高温になると、どんなに高性能な耐火レンガを使っても耐えられないので、ルリイは複雑な魔道具や高価な材料を使って断熱することによって、超高温に耐えられる炉を設計したのだ。

もちろん、それだけ高性能なものを作ろうと思えば、凄まじい金がかかる訳だが。

「いや、予算を承認したのは俺だからな。あの設計は間違っていなかった。……回収に時間がかかっても、別に気にしなくていい」

もしルリイが設計した設備の性能が本当に『過剰な』ものであれば、俺も設計をやり直して、もっと安上がりなものを作っただろう。
しかし、その設備は……今すぐには必要ないが、将来的に『迷宮鉱山』を発展させようと思えば、必要になるものだった。

そこで俺はルーカスの反対を押し切り、ルリイが作った設計図を片っ端から承認し、必要なものを片っ端から用意させたのだ。
その結果が、税収の10倍以上の予算という訳だ。

……それだけの価値はある設備だから、気にする必要はないのだが。
そう考えていると、ルーカスが答えた。

「実はあの初期費用も、すでに回収は済んでいます」

「……そうなのか？」

「はい。産出する鉄やミスリルが非常に高く売れるお陰で、あの膨大な赤字も回収できてしまいました。……あと5年はかかると思っていたのですが」

どうやら領地の経営は、順調すぎるくらいのようだな。
元々は、余っている金を使って資源を確保するくらいの予定だったのだが……金は逆に増えたようだ。

だが……やはり肝心なのは、金ではなく資源だな。
俺達が今日ここに来たのも、その資源が目的なのだし。

「経営は順調みたいでよかった。……ところで『難分離金属塊(なんぶんりきんぞくかい)』の集まりはどうだ？」

『難分離金属塊』。
領地で採れた金属のうち、『迷宮鉱山』で働いている人々によって分離ができなかった金属の混ざったものを『迷宮鉱山』ではそう呼んでいる。

そのほとんどが鉛や鉄、ミスリルなどの珍しくない金属なのだが――中には、普通の手段では手に入らないような希少金属も混ざっている。
もちろん『離分離金属塊』に混ざっている希少金属の量はごく微量なのだが、１００人を超える魔法使いが毎日精錬魔法を使い続けているだけあって、ちゃんと集めるとかなりの量になるのだ。

俺が『迷宮鉱山』を作ったのは、この『難分離金属塊』を手に入れるためだと言っても、過言ではない。

「3キロほど集まりました」

3キロか。

思ったより集まったな。

これは期待できそうだ。

「持ってきてくれ」

「承知いたしました」

そう言ってルーカスが部屋の奥にあった鍵（かぎ）のかかった金庫を開ける。

中には、黒い金属の塊が入っていた。

これが『難分離金属塊』。
俺達の新たな武器を作る材料の、仕上げになるものだ。

第七章

それからしばらく後。

俺達(おれたち)は領地の生産施設にある、『新技術実験室』へと来ていた。

普段この部屋は、『迷宮鉱山』から得られる資源を有効活用するための実験に使われている。

そのため、生産系の設備が色々と整っているのだ。

機密保持対策も結構しっかりしているので、領地で武器を作るならここが一番いい。


「さて、やるか」


そう言って俺は、残った魔力の量を確認する。

俺達は迷宮の39層で狩りをした上、『未完成階層』の階層主と戦い、さらには大量の『迷宮粗鉱(そこう)』を精錬した訳だが……まだ魔力は残っていた。

基礎的な魔力の量が増えたお陰で、簡単には魔力切れを起こさなくなったのだ。

「はい！　……とりあえず、これを精錬すればいいですか？」

「ああ。頼んだ」

俺の言葉を聞いてルリイが『難分離金属塊(なんぶんりきんぞくかい)』を精錬し始める。
元の量が3キロしかないので、わざわざ砕いたりしなくても簡単に精錬できる。
そして数分後……。

「できました。ちょっとだけ、分離できていない金属もありますけど……」

ルリイがそう言って、精錬し終わった金属を差し出した。
ほとんどの金属は、綺麗(きれい)に分離している。

「いい感じだな。これだけ分離できれば十分だ」

目当ての金属も、ちゃんとあるようだ。

量は少ないが……大量に使うような金属ではないので、とりあえず大丈夫だろう。

出てきた金属の中で一番多いのは鉛、その次は鉄だった。
このあたりは、練度のあまり高くない人々が精錬した関係で混ざったものだな。
特に鉛は魔法金属と混ざりやすい性質があるので、分離するのが難しい。

「これはオリハルコン、こっちがアダマンタイトですね」

そう言ってルリイが、分離した金属の塊のうち、鉄と鉛の次に大きい2つを指した。
この金属はさっきも見たので、見間違えることはないだろう。
次にルリイは、アダマンタイトよりだいぶ小さい金属塊を2つ手に取った。

「こっちはコデサライトですけど……この黄色いのは何でしょうか？」

そう言ってルリイが、小さな金属塊を指す。
その金属塊は、普通の金属では見慣れない、鮮やかな黄色だった。
金ともまた違う、派手な色をしている。

これこそ、俺が必要としていた金属だ。

「これはアロイニウムだ。……こっちも、神話か何かに登場するのか？」

「アロイニウム……聞いたことがない名前ですね」

どうやら、こっちは神話には出てこなかったようだな。
コデサライトより、さらに実用性の高い金属なのだが。
まあ、用途が地味な金属なので、知名度が低いのも無理はないか。

このアロイニウムは、決して主役になることはない金属だ。
他の強力な金属と混ぜて初めて、アロイニウムは真価を発揮する。
いわば、脇役（わきやく）の金属だ。

だが脇役だからこそ、少ない量でも効果を発揮する。
たったの10グラムくらいしかないようだが……これだけあれば、作れる武器の品質は格段に上がるのだ。

「これの効果は、使ってみれば分かる。……とりあえず、俺の剣からいくか」

金属の性能が一番ダイレクトに出やすいのは、剣だ。
アルマの弓でも、金属の性能は大事なのだが……やはり直接敵と戦うものとは違うからな。
アロイニウムの強さを実感してもらうには、剣を作ってもらうのが手っ取り早い。

そう考えつつ俺は、魔法を構築する。
剣の性能は金属の性能だけではなく、付与する魔法の性能にも大きく左右される。
前回は5重構造で剣を作ったが……今のルリイの腕なら、13枚くらいならなんとかなるだろう。

「付与する術式は、これでいこう」

そう言って俺は、紙に13個の魔法陣を転写してルリイに渡した。
剣を13層にして、これを全て付与する訳だ。

「……これ、すごく複雑ですね……」

そう言ってルリイが、紙に描かれた魔法陣を観察する。
最近はもう、ルリイが付与する魔法は自分で構築してもらっているのだが……武器に付与する魔法だけはちょっと別だ。

大量の魔法陣を重ねて発動させようとすると、考える必要のある要素が極めて多くなる。
魔力のバランス、強い負荷がかかった時の挙動、追加で発動する『空間魔力エンチャント』のかけやすさ……。

その他諸々を全て考慮して魔法陣を作れるようになるには、かなりの時間がかかる。
前世の時代には『剣に付与する魔法陣を考えること』だけを仕事とする、専門職がいたくらいだ。

「付与できそうか？」

今回作った魔法陣は、普段ルリイが使っている魔法陣よりさらに数段複雑だ。

ルリイなら集中すれば、このくらいは付与できるだろうと思って作ったのだが……。

「……付与の手順は、だいたいイメージできました！」

ルリイは少しだけ考えて、そう答えた。

やはり、問題はなさそうだな。

「大丈夫そうだな。じゃあ材料の合成に入ろう。まずはオリハルコンとアロイニウムを、再精錬にかけてくれ」

「さっそく再精錬……この魔道具を作っておいてよかったです！」

そう言ってルリイは『新技術実験室』の隅に備えられた『遠心式再精錬機』にオリハルコンとアロイニウムをセットする。

この『遠心式再精錬機』は、ルリイによって作られ、ここに設置された設備の一つだ。

ルリイがスイッチを入れると『遠心式再精錬機』は、轟音(ごうおん)を立てながら回転し始める。

「す、すごい音だね……」

アルマが耳を塞ぎながら、そう呟く。

この『遠心式再精錬機』は精錬済みの金属をさらに上質なものにするために、金属の中に僅かに残った不純物を取り出すための装置だ。

不純物が多すぎるとうまく機能しないため、普通の精錬には使えないのだが……魔法で精錬した後の金属の純度を上げるのには使える。

通常、これで取り出すような微量の不純物は問題にならないのだが……今回作る武器では、その微量の不純物が性能を低下させることになる。

だからこの装置を使って、純度を上げておくという訳だ。

精錬が済んで、装置が止まった。

「うん、いい感じですね。初めて使いましたけど……便利な魔道具です！」

そう言ってルリイが、装置から排出された不純物を見る。

この『遠心式再精錬機』を作ったのはルリイだが、まともに使うのはこれが初めてなんだよな。

まさか俺も、この装置がこんなに早く役に立つとは思わなかったが。


そう考えつつ、俺はルリイに新たな武器を作る手順を書いた紙を渡す。

ここからの基本的な手順は、今まで俺が使っていた剣を作った時と大して変わらない。

材料（オリハルコンとアロイニウム）を混ぜて、極薄の金属板を13枚作り、それを重ね合わせて接合するだけだ。

前回は5枚だった金属板が13枚になるぶん、加工に必要な精度は高くなるが……今のルリイなら問題ないだろう。

◇

それから3時間ほど後。

ルリイは長い加工作業を終え……13枚の金属板を結合させた。

「で……できました！」

そう言ってルリイは、新たにできた剣を掲げる。

オリハルコンとアロイニウムの合金でできた刃が、鈍く灰色に光を反射する。

その刃の部分には、緻密な13重構造の跡が見えた。


「いい剣だな」


そう言って俺は、剣の仕上がりを見る。

とはいっても、問題を探すというよりは『いい剣だ』ということを確認するだけの作業なのだが。

俺は、ルリイがこの剣を作る過程をずっと見ていた。

この剣が最高の仕上がりであることは、とっくに分かっている。


ひと通り剣を観察すると、俺は頷いた。

それから『人食らう刃』を取り出し、ルリイに告げた。


「じゃあ、最後の仕上げといくか」

「さっき言っていた、魔力を流す作業ですね」

「ああ。オリハルコンには、この作業が絶対に必要だ」

オリハルコンという金属は、成型した後に大量の魔力を流し込むことで、内部の魔力が強力に結合する。

それによって、圧倒的な強度が得られるのだ。

そのために使うのが『人食らう刃』だ。

大量の魔力を流し込むなら、龍脈を使うのが便利だからな。

コデサライトが大量にあれば、コデサライトを使って一瞬で魔力を流し込むのが一番いいのだが……このくらいの大きさの剣なら、龍脈でもなんとかなる。

「よし、いくぞ」

そう言って俺は『人食らう刃』を、龍脈に接続した。

この『新技術実験室』には、龍脈まで通っているのだ。
そして……龍脈と俺の魔力回路がしっかりつながったのを確認して、俺は龍脈の魔力を一気に新たな剣へと流し込んだ。

次の瞬間、剣から光が放たれた。
鈍い灰色をしていた刃の色が、美しい蒼(あお)へと変化していく。

「わぁ……綺麗ですね……」

その様子を見てルリイが、感嘆の声を上げた。
……オリハルコンに魔力を通す作業は、見た目が綺麗なんだよな。

「よし、こんなもんか」

刃の光が収まったところで、俺は龍脈との接続を解除し、剣に魔力を通すのをやめた。
これ以上魔力を流しても悪影響がある訳ではないが、強度はもうこれ以上、上がらない。

「さっきまで灰色だったのに、こんな色になるんだ……」

できあがった剣を見て、アルマがそう呟く。
この美しい蒼色は、オリハルコンとアロイニウムの合金でなければ出せない色だ。
オリハルコンだけでは、ここまで綺麗な色は出ない。

もちろん、変わったのは見た目だけではないのだが。

「ちょっと、切れ味を試してみるか」

そう言って俺は、収納魔法から岩を取り出した。
とはいっても……ただの岩ではない。
あの『クリスタル・デバウアー』の体を構成していた、極めて高い硬度を持つ岩だ。

「え、試し斬りにそんなの使うんですか……?」

「いくらオリハルコンでも、刃こぼれしちゃうんじゃ……」

俺が取り出した岩を見て、ルリイとアルマがそう呟いた。

この岩は、前の俺の剣を欠けさせた元凶でもある。


新しい剣は『脆性破壊』などの、岩を破壊するのに向いた魔法もかかっていないので、特に岩を斬るのに向いた剣だという訳でもない。

むしろ……刃の薄い『剣』というもの自体、岩を斬るのには向いていないくらいだ。

そんな岩を試し斬りに使うなど、まともな考えではない。


だからもちろん、俺はこの岩で『試し斬り』をする気などないのだ。

ただ、剣を岩に置くだけだ。


「よく見ていてくれ」


そう言って俺は、刃がちょうど岩に当たるようにして、剣を岩に立てかけて、手を離す。

すると……新たな剣の刃が、ゆっくりと岩に沈んでいく。

「え？」

「こ、これは一体……？」

ルリイとアルマが、困惑の声を上げる。

なにしろ、あれだけの硬度を誇っていた岩が、剣の重力だけで斬れてしまったのだ。困惑するのも無理はない。

「これがオリハルコン・アロイニウム合金の力だ。……オリハルコンにアロイニウムを少しだけ混ぜると、オリハルコンの中にある微小な隙間(すきま)にアロイニウムが入り込んで、凄(すさ)まじい強度と切れ味になる」

そう話す間にも、剣はどんどん岩へと食い込んでいく。

新しい剣自体の重さは、前のミスリルの剣と大して変わらないのだが……それだけ切れ味が異常なのだ。

この剣を作れただけでも、領地をもらって『迷宮鉱山』を作った価値があった。

まあ、俺が『迷宮鉱山』のために作業した期間など、1ヶ月もないのだが。

本当ならこの剣を作る材料の用意には、もっと時間がかかると思っていたのだが……俺達のためにせっせとオリハルコンを集めてくれた『クリスタル・デバウアー』に感謝しなければならないな。


「おっと」


放っておいたら、剣はほとんど岩を斬り終わり、床へと到達しようとしていた。

ここの床はただのミスリル合金だ。剣が触れれば、簡単に貫通してしまう。

そうなる前に、俺は剣を拾い上げた。


「強度も十分だな」


剣には刃こぼれひとつない。新品の状態のままだ。

俺は軽く剣を横に振って、さっき斬った岩をさらに水平に両断するが、やはり剣に傷はつかない。

「す、凄まじい切れ味ってレベルじゃないです！　すごいです！　こんなの、人間に作れるんですね……」

「作ったのはルリイだけどな」

「はっ……言われてみれば確かに……」

この剣は、正真正銘ルリイが作った剣だ。

俺は作り方を教えて、最後に魔力を流しただけだからな。

同じものをもう1本作れと言って材料を渡されれば、ルリイはまた同じものを作れるだろう。

「つ、強すぎて怖いんだけど……何か、欠点とかないの？」

アルマは剣のあまりの性能を見て、弱点を探し始めたようだ。

確かに、アルマの発想は間違っていない。

物理的に強力な金属は、結晶構造などの関係で耐熱性や耐酸性、耐薬品性に問題があったりするのだ。

逆に薬品に強い貴金属——たとえば金などは、物理的には軟らかくて弱かったりする。

だから、あまりにも頑丈で切れ味の鋭い金属を見て『何か欠点があるんじゃないか』と考えるアルマの発想は、決して間違っていない。

間違っていないのだが……。

「オリハルコン・アロイニウム合金の弱点か……」

言われてみれば、この材料の欠点というのを考えたことはなかった。

というか、欠点らしい欠点が見当たらないのだ。

唯一、欠点として思い当たるのは……。

「材料の入手が難しいことだな。あと、泥棒のターゲットにされやすい」

「それ、剣の性能と関係ないじゃん！」

「……そうだな」

このオリハルコン・アロイニウム合金は、今の技術で作れる合金の中では最強のものだ。

というか……技術が発達した結果、ミスリルが使い捨て金属のように扱われていた前世の時代でさえ、このオリハルコン・アロイニウム合金は最高級の武器素材として扱われていたくらいだ。


そして、強いのは金属素材だけではない。

今回の剣は13重構造で、現代最高の付与魔法師――つまりルリイによって、その1枚1枚に違った付与魔法――オリハルコン・アロイニウム合金の性能を最大限に活かすような付与が施されている。

素材も素晴らしいが、加工も素晴らしいという訳だ。

当分の間、これを超える剣が今の世界で作られることはないだろう。

◇

それから1時間ほど後。

アルマの弓も、無事に完成していた。

「おお……すっごい、いい感じ！」

そう言ってアルマが、新しい弓を使って的に矢を射る。

『新技術実験室』にも、流石に試し引き用の的まではなかったが、ありあわせの材料で作ってみたのだ。

「矢の威力が、前より上がってるな」

「うん。……正直、前の弓よりいい弓なんて、この世にはないと思ってたんだけど……この弓はちょっと、世界が違うかも……」

アルマはそう言いながら、立て続けに矢を的に命中させる。

今アルマが使っているのは、オリハルコン・アロイニウム合金にミスリルを混ぜることで、矢にちょうどいい硬さに調整して作られた弓だ。

弓の場合、矢を飛ばすのはあくまでアルマ自身の力なのだが……それでも弓に使う金属の質によって、矢の威力は変わってくる。

射手の力を限界まで引き出すためには、武器の性能が必要不可欠だからな。

「よかったです！　……弓って、こんなに揺れないものなんですね……」

アルマが矢を放ったのを見て、ルリイがそう呟く。

通常の金属の場合、弓を引いた際の力のうち一部は弓の振動などとして消費されてしまうのだが……この弓は、アルマが矢を射った後もまったく揺れることがない。

それだけ、弓を引くのに使った力を効率的に矢へと伝えられている訳だ。

剣ほど劇的な威力の差にはならないが、こういった違いは厳しい戦いにおいては、非常に大きい影響をもたらす。

「矢も試してみるか？」

「えっと……これ、使って大丈夫かな？」

そう言ってアルマは、机の上に置かれた矢をおそるおそる触る。

この矢の先端部についた矢尻は、俺の剣と同じオリハルコン・アロイニウム合金でできている。

射る時にうっかり足に落としたりすれば、たとえ金属製の靴を装備していても容赦なく足を貫通するような代物だ。

「落としたり、的を外したりしないように気をつけてくれ。的を外したら、壁に穴が開くぞ」

「う、うん。気をつける……」

そう言ってアルマが、矢を摘まんで、弓につがえた。

それから、的に向かって矢を放った。

ヒュッ……という音とともに矢は的の真ん中に飛んでいき——そのままの勢いで的を貫いた。

幸い、矢が開けた穴は小さかったため、羽根の部分がつっかえて矢は止まったが……もし羽根のない矢を使っていたら、そのまま貫通していただろう。

「こ、これはちょっとヤバいね……」

「ああ。普段使いするにはちょっともったいないが、攻撃力は申し分ない」

そう言って俺は矢を的から引き抜き、専用のケースへと収納する。

この矢はあまりにも鋭すぎるため、普通の矢筒などにしまおうとすると、矢筒自体を破壊してしまう。

そのため、柄の部分をしっかりと保持することによって、矢尻がどこにも触れない状態を維持する専用ケースが必要になったのだ。

「矢を射った時に、違和感はなかったか?」

「うん。むしろ普通の矢より、こっちの方が扱いやすいかも」

そう言ってアルマが、矢を収納したケースを見つめる。

確かに……普通の矢の場合、中心に使われている棒(シャフト)は木や鉄でできている。

だが、今アルマが使った矢の場合、シャフトもオリハルコンでできているのだ。
だから、どんなに強い力で射っても矢が曲がったり、しなったりすることはない。
そのあたりの感覚を、アルマは掴んでいるのかもしれない。

「……新しい装備の出番が楽しみだな」

「はい！　……アロイニウムって、素晴らしいですね……。領地の『迷宮鉱山』、もっと大きくしませんか？」

「できれば、これをフル活用しないでも勝てる相手がいいんだけどね……」

そんな話をしつつ、俺達は残った材料を片付け、『新技術実験室』を後にした。
『迷宮鉱山』をもっと大きくするというのは、魅力的な提案だな。
精錬を担当している技術者たちがいい感じに育ってきた頃に、ルーカス達に提案してみるか。

第八章

chapter 8

新たな武器を作ってから、数日後。

いつものように俺達が迷宮へと出かけようとしていると……数名の衛兵達が、俺達の方へ駆け寄ってきた。

真っ直ぐ俺の顔を見ながら向かってきているし、どうやら俺達に用があるようだ。


「何かあったのか？」


衛兵が俺に用事というのは珍しい。

俺は領地経営をルーカスに丸投げしているし、そのことを衛兵達も分かっているので、何かあったらまずルーカスに連絡をするのだ。

にもかかわらず、俺に用があるということは……何か、ルーカスでは対応できない面倒ごとが起きたのだろうか。

そう考えていると、衛兵が口を開いた。

「龍脈魔力観測所で、不審な魔力反応が観測されたそうです。ルーカス様にそのことを伝えたところ、マティアス様に見ていただけと言われまして……」

なるほど。

確かに、それは俺の役目だな。

領地の迷宮の第1階層には、龍脈に直結した魔道具によって龍脈内部の魔力を観測する『龍脈魔力観測所』という施設がある。

そこでは24時間、『迷宮鉱山』の職員が常駐し、龍脈の魔力を見張っている訳だ。

とはいえ、『迷宮鉱山』の職員が龍脈の魔力を見たところで、それがおかしいかどうかの判断などできない。

そこで俺達は、ルリイに『龍脈の魔力は正常か、異常か』だけを判断する魔道具を作ってもらって、『龍脈魔力観測所』に設置している。

そして『異常』という結果が出た場合、職員達が領地まで観測データを運んできて、龍脈のデータを理解できるやつに見てもらうという訳だ。

「『迷宮鉱山』の従業員達は、全員避難したか?」

「はい。マニュアル通り、異変があった時点で迷宮にいた人員は全員、即時帰還してもらいました。参加者全員分の安否確認はすでに取れています」

「ご苦労。避難訓練の結果はちゃんと出ているようだな」

あそこに『龍脈魔力観測所』が設置されている表向きの理由は、従業員達の安全を守ることだ。

実際、その目的は決して嘘ではない。

有事の際には従業員を安全に避難させられるように、定期的に避難訓練までやっているくらいだ。

だが……龍脈観測の目的は、それだけではない。

世界中に存在する全ての龍脈は、ひとつにつながっている。

遠くで起きた異変の場合、その魔力は距離によって減衰して消えてしまうが――大きい魔力変動の場合は、世界中に届く。

つまり、あの迷宮の龍脈を観測するだけで、世界規模の魔力変動などは全て観測できてしまうという訳だ。

その情報を摑むために『龍脈魔力観測所』には、ただ従業員達の安全性を守るだけの目的には過剰なほどの計測機器が設置されている。

「魔力反応のデータはあるか？」

「はい、こちらに」

そう言って衛兵が、分厚い書類の束を差し出した。

龍脈に異変が起きた場合は、一刻も早い対処が必要になることがある。

そのため、異変が起きた龍脈をわざわざ見に行かなくていいように、異常発生時のデータは全て紙で吐き出すようにできている。

このデータを持ち帰ることが、『龍脈魔力観測所』の職員達の仕事だと言っても過言ではない。

「さて……何が起きたかな」

そう言って俺は、計測機器から吐き出されたデータをめくっていく。

すると、まず見つかったのは……。

「とりあえず、上級魔族がいるな」

そう言って俺は、龍脈の魔力反応の中にある、特徴的なパターンを指した。

この魔力パターンは、上級魔族が龍脈に干渉しようとした時にしか起こらないものだ。

……このデータの雰囲気でいうと、恐らくグレイビーウッドの祭壇で『人食らう刃』を守っていたのより、やや強いくらいの魔族だな。

以前の俺にとって、あのクラスの魔族は倒すためにそれなりの工夫が必要な相手だった。

前回は『人食らう刃』を使って倒したが、毎回あの手が使える訳でもない。
『人食らう刃』は龍脈に接続しなければ効果を発揮できないので、不意打ちでなければかわされてしまう可能性も高いのだ。

そして上級魔族ともなれば、不意打ちを受けないような対策くらいは当然やっている。
グレイビーウッドの祭壇を襲撃した以上、俺が『人食らう刃』を持っていることは魔族にもバレているだろうし、恐らく『人食らう刃』は警戒されているだろう。

だが……。

「相手がこいつだけなら、簡単に倒せそうだな」

そう言って俺は、次のページをめくった。

上級魔族が『対策の必要な相手』だというのは、俺の実力がグレイビーウッドの祭壇に行った時と同レベルならの話だ。
今の俺にとって、あの程度の上級魔族は、通りすがりに軽く倒せるような相手でしかない。

迷宮での鍛錬と新しい武器が、状況を変えたのだ。

……龍脈に起きた異変が、この上級魔族だけであれば、対処は簡単だった。

しかし……どうやら、そう簡単にはいかないようだ。


「これは……まさか『人壊す鎧』か」


俺はそう呟いて、計測機器から吐き出されたデータの一部を指す。

そこには、まるでデータ用紙を適当に爪で引っ掻いたような、明らかな反応の乱れがあった。

通常の状況では、こんな龍脈の乱れは発生しない。

だが前世の時代には、こういった魔力反応を発生する装置があった。

それが『人壊す鎧』だ。


「『人壊す鎧』……初めて聞く名前です」

「なんか『人食らう刃』みたいな名前だけど……」

俺の言葉を聞いて、ルリイとアルマがそう尋ねる。

実は、アルマの言葉は的を射ている。

『人壊す鎧』は、『人食らう刃』の仲間……というか、前身となった装備なのだ。

「『人壊す鎧』は、龍脈と人間の魔力回路をつなぐ魔道具の一つだ。これと同じようにな」

そう言って俺は『人食らう刃』を取り出す。

それを見て、アルマが尋ねた。

「つまり……誰かがマティ君みたいに、龍脈とつながったってこと？」

「ああ。しかもそいつは、もう龍脈に『壊された』みたいだ」

もし『人壊す鎧』を使って龍脈とつながった人間が無事だったら、あんな魔力反応は出ない。

あの爪で引っ掻いたような反応の乱れは、壊れた人間が龍脈とつながって発するものだ。

「『壊された』って……？」

「大量の魔力を受け止めきれずに、人格が崩壊したんだ。……もう、一種の魔物みたいなもんだな。『鎧の異形』っていうんだが……『人壊す鎧』を装備したやつは、遅かれ早かれそうなる」

「『人壊す鎧』は、人間を魔物にする鎧ってこと？」

「そういうことだ。『人食らう刃』でも、扱いを間違えればそうなるけどな」

——『人食らう刃』と『人壊す鎧』。

この2つはどちらも『人間を龍脈とつなぐ装備』という意味では同じだが、制御方法は大きく違う。

俺が持っている『人食らう刃』の場合、人間と龍脈の魔力回路を接続しても、あくまで制御は人間が行う。

そのため、力量不足で制御を奪われるようなことがなければ、龍脈に人格を破壊されることはない。

制御を誤った場合も、魔力回路の崩壊によって死ぬパターンがほとんどで、魔物となって生き残ることはほとんどない。

だが『人壊す鎧』の場合、魔力の制御まで龍脈に任せた上で、人間がその力を『借りる』のだ。

『人間が龍脈を取り込む』のが『人食らう刃』の仕組み。

『人間が龍脈に取り込まれる』のが『人壊す鎧』の仕組み……といったところか。

そのため、『人壊す鎧』は『人食らう刃』に比べても大量の魔力を扱えるが……もちろん、安全性は低い。

持ち主が少しでも制御を誤ると——いや、制御を誤らなくても、龍脈の魔力が少し荒れただけで『人壊す鎧』を着た人間は龍脈に取り込まれ、異形と化してしまう。

今の時代にいる訓練をしていない人間に『人壊す鎧』を着せれば、次の瞬間には『鎧の異形』のできあがりだ。

「その魔物って、人間には戻れないんですか？」

「戻れない。見た目は人間に似ているが……中身は人間とは別物だ。ある意味、魔族と似たようなものだな。だから倒すしかない訳だが……『鎧の異形』は、龍脈とつながってるだけあって、かなり厄介(やっかい)なんだよな……」

『鎧の異形』は、元となった人間の脳を取り込んでいるため、半端(はんぱ)に人間の知能を残している。

それでいて、龍脈と常時接続して膨大な魔力を吸い上げ続けるため、凄(すさ)まじい力を持つのだ。

単純な力でいえば、上級魔族よりも上と言っていいだろう。

その上、連中は尋常(じんじょう)でない再生能力を持っている。

首を斬り落としたところで、すぐにまた生えてくるのだ。

この再生能力が、非常に厄介なのだ。

技術の発達した前世の時代でさえ、たった1体の『鎧の異形』によって、街がいくつも滅ぼされたくらいだ。

そのため、俺が生きている時代からこの鎧の生産は禁止されていた。

残った『人壊す鎧』も片っ端から破壊されたのだが……その『人壊す鎧』が現存するということは、新たに作ったんだろうな。

犯人は恐らく、龍脈に魔力反応が残っていた魔族だろう。

「『鎧の異形』の数は……30人くらいか」

データが記録された紙をさらにめくっていくと、似たような魔力反応が30個ほど見つかった。

恐らく魔族は、人間が集まっている場所に行って、その場にいた人間に片っ端から『人壊す鎧』を着せたのだろう。

「『人壊す鎧』って、1個でたくさんの人を魔物にできるの？　それって、ほっといたら国が魔物だらけになっちゃうんじゃ……」

俺の言葉を聞いて、アルマが困惑の声を出す。

だが、流石(さすが)に『人壊す鎧』も、そこまで便利（？）な代物ではない。

「1個の『人壊す鎧』で作れる『鎧の異形』は、1体だけだ。……魔族は30個近い『人壊す鎧』を用意したんだろうな」

実際のところ『人壊す鎧』を30個用意するのは、さほど難しくはない。

『人食らう刃』の場合は、人間の小さい魔力で龍脈を制御するために、複雑な魔法陣が必要なのだが……魔力制御を龍脈に渡してしまう『人壊す鎧』は、かなり単純な魔法陣で済むのだ。

確か前世の時代では、『人食らう刃』を1本作るコストで『人壊す鎧』を500個作れる……などといわれていたはずだ。

まあ、重要なのは鎧の出所ではない。

今の状況に、どう対応すべきかだ。

となると……まずは状況の確認からだ。

『人壊す鎧』の場合、周辺の環境——主に、取り込まれた人間の性質などによって状況が変わってくる。

どんな『鎧の異形』であれ、視界に入れば攻撃されるのは間違いないのだが……例えば無差別殺人犯をベースにした『鎧の異形』の場合は、視界に入らなくても気配などで人間を見つけ、殺して回るからな。

基本的な殺しの技術も一般人より高いので、危険度が上がる。

その点、ベースが普通の人間であれば、視界に入った人間しか攻撃しないので、比較的平和な方だ。

場合によっては、その周辺を結界か何かで囲って立ち入り禁止区域に指定するだけで、安全が確保できてしまうからな。

ということで、今必要な情報は……。

「龍脈の異変があった場所について調べたい。新しい地図はあるか？」

俺はデータを持ってきた衛兵に、そう尋ねる。

エイス王国の場合、古い地図はあまりアテにならない。

中枢部(ちゅうすうぶ)に入り込んでいた魔族を追放、討伐(とうばつ)した上で、魔族によって歪(ゆが)められた状況を元に戻す過程で、都市の状況なども随分と変わったのだ。

そのため、新しい地図が欲しかったのだが……。

「最新の地図は10年前のものです。本来なら10年おきに、地図を買い替えるはずなのですが……前領主が更新を怠っていたようでして」

そう言って衛兵が、申し訳なさそうな顔をした。

前領主による悪政の弊害は、こんなところにも現れているようだ。

……そのあたりの事後処理は、ルーカス達が急ピッチで進めているところなのだが、あまりに状況が酷(ひど)すぎて地図まではまだ手が回っていなかったようだな。

地図は軍事上重要な機密情報なので、入手するには手続きに時間がかかるのだ。

まあ、後でルーカスに頼んで、新しい地図を入手しておいてもらうことにしよう。

魔族対策で必要だとか理由をつければ、国も早めに用意してくれるだろうし。

「魔法通信機で、王都に確認を取りますか？」

「いや、重要な情報だからな。直接行くことにしよう」


幸い、『人壊す鎧』と上級魔族の魔力反応があったのは、王都と同じ方角だ。

どうせ現地に向かう途中で王都を通過するのだから、王都で聞いた方がいいだろう。

……こういった、偽装されると致命的な情報は、魔法通信機を通したくないしな。

魔法通信機で話していいのは、たとえ多少の偽情報が混ざっていても、さほど困らないような情報だけだ。

◇

それからしばらく後。

俺達は王都へと辿(たど)り着いていた。

第二学園を出てからも、俺達はなにかと王都に行くことが多かった。

そのため、王都の景色は見慣れたものだったのだが……。

「なんか、普段と雰囲気が違うね……」

「全体的に、ピリピリしていますね……」

王都に一歩入ったところで、アルマとルリイがそう呟いた。

確かに、王都の雰囲気が普段と違う。

雰囲気だけではなく……街のあちこちには武装した騎士や第二学園生達が立ち、何かに警戒している様子だ。

普段であれば、第二学園生達は自由に歩き回ったり、買い物をしたりしているのだが……今日はまるで持ち場を守るかのように、決まった場所から動かない。

明らかに、厳戒態勢だ。

そう考えつつ第二学園に行くと……そこはさらなる厳戒態勢が組まれていた。

第二学園の入り口付近には、先生や武装した生徒が集まり、周囲に目を光らせている。

だが……俺の姿を見つけると、先生の一人が駆け寄ってきた。

「マティアス伯爵！　まさか駆けつけてきてくれるとは思いませんでしたよ！」

ここでも、伯爵って扱いになるんだな。
そう考えつつ、俺は先生に尋ねる。

「駆けつけるもなにも、俺はまだ状況を把握していないいんですが……王都に何かあったんですか？」

「事件が起きたのは、王都ではないんですが……『禁忌の大牢獄』が襲撃されて、中の囚人が放たれた可能性があります。詳しい話は、第六会議室で聞いてください。国王陛下もいらっしゃっています」

そう言って先生は、足早に俺達を地下にある会議室へと案内する。
この会議室に国王が来るということは……かなりの緊急事態のようだな。
そう考えていると、会議室へと着いた。

「マティアス伯爵がお見えになりました！」

「……一番来てほしかった人間だ！　すぐに通してくれ！」

先生が俺の来訪を告げると、中からすぐに国王の声が聞こえた。

そして間もなく、入り口のドアが開けられる。

そこには校長と国王以外にも、騎士団上層部や貴族、大臣など、国家の中枢に関わる者達がいた。

この第六会議室は、見た目こそ普通だが、王都で最も安全な場所だといわれている。

これだけのメンバーが、王宮ではなく第六会議室に集まるとは……『禁忌の大牢獄』の襲撃は、国家レベルの非常事態として扱われているようだな。

「マティアス、この非常時に駆けつけてくれたことに感謝する。……すまないが、また力を借りたい」

俺が会議室に入ってきたのを見て、国王はそう告げた。

「牢獄が襲撃されたと聞きましたが……この厳戒態勢は、囚人の逃亡を警戒してのことですか？」

「ああ。通常の牢獄であれば、ここまですることもないのだが……『禁忌の大牢獄』が襲われたとなると、いくら警戒しても足りないくらいだからな」

『禁忌の大牢獄』。

それは、このエイス王国にある牢獄の中でも、最悪の犯罪者達が収監される牢獄だ。

国内で重罪を犯した者は、基本的にそのまま処刑される。

だが、その中のごく一部は処刑されずに、『禁忌の大牢獄』へと送られるのだ。

処刑されない……というと、犯罪者の中では罪が軽いように見えるかもしれないが、実際はその逆だ。

『禁忌の大牢獄』へと送られるのは、あまりにも罪が重すぎるために『死すら生ぬるい』と判断された者達だ。

そこで罪人達は、死ぬことすら許されずに、魔法薬や治癒魔法などの実験に回される。

エイス王国では基本的に人体実験が禁止されているが、『禁忌の大牢獄』に送られた凶悪犯罪者達だけは人体実験のために使うことが許されており、医療などの発達に一役買っている……という内容を、第二学園内で聞いたことがある。

「囚人が生きているんですか？　非常時の場合『禁忌の大牢獄』では、即座に全員の死刑を執行すると聞いていましたが………」

最悪の重犯罪者達を、殺さずに収監する。

それはもちろん、脱獄の危険もあるということだ。

『禁忌の大牢獄』では非常時には即座に囚人全員を殺し、脱獄を防ぐ。

だから脱獄の心配はない……と、授業では聞いていたのだが……。

俺の問いに、国王は重々しく答えた。

「そのはずだったのだがな……緊急時に死刑執行の魔道具を起動するのは『禁忌の大牢獄』の警備隊の役目だ。その警備隊と、突如連絡がつかなくなったのだ」

「なるほど……つまり、死刑は執行されていないということですか？」

「ああ。緊急用の魔道具を起動した際には、即座に王都へと連絡が届くようになっているが……それが届かないからな。恐らく、警備隊は魔道具を起動するまでもなく全滅したのだろう」

なるほど。

警備隊が、あっという間に全滅した訳か。

「警備の規模は、どの程度ですか？　主に人数ですが……」

「５００人体制での厳重な警備だ。連絡は一人もついておらん」

５００人か……。

正直なところ、無詠唱魔法が広まり始めたばかりのこの国でいう『厳重な警備』が、本当に厳重なのかは怪しいところだが……それにしても、５００人を一瞬で全滅させようとすれば、それ相応の力が必要になる。

少なくとも、ちょっと無詠唱魔法を覚えて訓練したくらいの人間では、どうあがいても不可能だ。

だが、それだけの力を持つ存在には、心当たりがある。

「『禁忌の大牢獄』のある場所って……もしかして、このあたりですか？」

そう言って俺は、机に置かれていた地図の1点を指す。

俺は『禁忌の大牢獄』の場所を知らない。

脱獄や犯罪組織による襲撃を避けるために、『禁忌の大牢獄』の場所は非公開とされているからだ。

だが……今の状況を考えると、ここ以外にない。

『人壊す鎧』と上級魔族の魔力反応があった場所だ。

俺の問いに、国王は頷(うなず)いた。

「そうだ。『禁忌の大牢獄』の場所は、国家機密としていたはずだが……やはりマティアスほどの魔法使いなら、予想がついてしまうものなのか?」

「予想ではありません。……実は私が王都に来たのは『禁忌の大牢獄』が襲撃されたという話を聞いたからではなく、ここに魔族の魔力反応を見つけたからなんです」

「……つまり『禁忌の大牢獄』を襲撃したのは、魔族の仕業(しわざ)だと?」

「そういうことです。それも上級の魔族ですね」

やはり、一度王都に来て正解だったな。

魔族が『鎧の異形』の材料にしたのが凶悪犯罪者だというのは、今後の戦い方を決める上で重要な情報だ。

「上級の魔族か。……できるのであれば、討伐を頼みたいところだが……頼んでいいか?」

俺は国王の言葉を聞いて、イリスとルリイ、アルマに視線を送る。
そして、3人が迷わず頷いたのを見て、国王に答えた。

「俺達が対処します」

「恩に着る。必ず、働きに見合う褒美を与えると約束しよう」

「ありがとうございます。……魔族には俺が対処するので、近隣の住民への避難指示をお願いできますか？」

「ああ。住民の避難に関しては、すでに第二学園のグレヴィルが動いてくれている。王国としても、可能な限りのサポートをするつもりだ」

なるほど、グレヴィルが動いていたのか。
確かにグレヴィルなら、龍脈の動きが出た時点で、事態がヤバいことには気付いただろう。
『王家の制約』のせいで戦うことができないグレヴィルも、裏方としてはしっかり仕事をしてくれているという訳だ。

そう考えつつ俺は、国王に告げる。

「分かりました。では、早速討伐に向かいます」

もし時間があるのなら『鎧の異形』などについて、もうちょっと説明をしておきたいところだ。

だが上級魔族が『人壊す鎧』を作り、凶悪殺人犯たちを『鎧の異形』に変えているとなると……事態は一刻を争う。

詳しい説明は後でグレヴィルにでもやってもらうとして、俺達は現地へ向かうとしよう。

第九章

chapter 9

それから少し後。

俺達は『禁忌の大牢獄』へと向かっていた。

その途中で、通信魔法が入った。

『マティアス様、聞こえますか？』

この声は……グレヴィルだな。

前世の時代でしっかり魔法を勉強していただけあって、比較的盗聴されにくいタイプの通信魔法のようだ。

『ああ。聞こえている。……何かあったか？』

『現状について、一応ご報告をしておいた方がいいかと思いまして。……現在の状況について、どの程度の情報をお持ちですか？』

なるほど。

住民達の避難のために来たと言っていたが、そのついでに情報も集めてくれていたという訳か。

いくら龍脈からある程度の情報が得られるとはいっても、距離があると情報の精度は落ちていく。

その上、今の俺の体はまだ魔力回路が発達しきっていないため、魔力を感じ取る精度にはやはり限界がある。

恐らく今はグレヴィルの方が、情報を正確に把握しているだろう。

『上級魔族の魔力反応と、『鎧の異形』が出たというところまでは知っている。……魔族の方は、派手に龍脈へ干渉しているかもしれないな。……『龍脈瘤』あたりか？』

龍脈の中には『鎧の異形』によるノイズと、龍脈に接続した上流魔族の魔力が派手に混ざっていた。

それに加えて、ごく微量であるものの……魔法によって龍脈を改変するような動きの痕跡が見られたのだ。

痕跡はあまりに小さすぎて、何の魔法であるのかは判別不可能だった。

いくつか候補はあるものの、それを絞りきれるだけの情報が足りなかったのだ。

だが……候補の中でも、今の状況で魔族が使いそうな魔法となると、なんとなく予想がつく。

その中の一つが『龍脈瘤』——龍脈の魔力を意図的にせき止め、狭い範囲に大量の魔力を集中させる魔法だ。

大量の魔力……とはいっても、普通の状況であれば集まる魔力は普段の1・5倍程度でしかないのだが、そこに『人食らう刃』や『人壊す鎧』で接続するとなると話が変わってくる。

せき止められて圧力を増した魔力は、普段を遙かに上回る勢いで、龍脈に接続した者へと流れ込むのだ。

もちろん、そんな状況で龍脈に接続すれば、一瞬で自我なり魔力回路なりを破壊されることになるのだが……最初からまともに制御せず『鎧の異形』を作るつもりであれば、むしろその方が好都合だ。

普通ではあり得ない量の魔力を押し込まれた『鎧の異形』は、膨大な魔力によりさらに強化されることになる。

俺の『人食らう刃』を封じながら『鎧の異形』を強化するという意味で、まさに魔族にとって最適な魔法だろう。

『ご明察です。……今のお体でも、『龍脈瘤』の痕跡まで分かるものなんですね』

『半分カンだけどな』

魔力パターンだけなら、候補になる魔法は３００個以上ある。

『鎧の異形』を強化できるような龍脈魔法だって『龍脈瘤』以外に10個くらいはあるはずだ。

その中から一つ選んだのは、カン以外の何物でもない。

そう考えつつ俺は、グレヴィルに問う。

『敵は『鎧の異形』約30体と、上位魔族1体。周辺の龍脈は『龍脈瘤』によって魔力過多状態。……これで状況の認識は間違いないか？』
『はい。……正直なところ、４人で対処していい状況ではないと思います。私も加勢できたらいいのですが……』

通信魔法から、悔しそうな声が聞こえる。

グレヴィルは王家の制約が『壊星』による蘇生の際に強化されたことによって、戦闘には参加できない体になっている。

制約の魔法は遺伝子レベルで刻み込まれており、残念ながら解除は不可能だ。

『グレヴィルは、住民達の避難援護に集中してくれ。俺達４人でも、十分対処できる範囲だ』
『……マティアス様がそう仰（おっしゃ）るなら、お任せして大丈夫ですね。ご武運をお祈りします』

そんな言葉とともに、通信が切れた。

どうやら、俺は信頼されているようだな。

◇

それから少し後。

遠くの空に、黒々とした煙が上がっているのが見えた。

「あの煙……『禁忌の大牢獄』からかな？」

「ああ。間違いなさそうだ」


アルマの問いに答えながら、俺は周囲の魔力反応を探る。

そこには、魔力を遮断（しゃだん）するような結界の痕跡があった。

魔族は警備隊を全滅させた後、囚人の中でも特に『素質』がありそうな者を『鎧の異形』に変え、牢獄に火を放ったのだろう。

わざわざ火を放った理由は――恐らく、時間稼ぎだろう。

『鎧の異形』が龍脈の魔力にしっかりと馴染（なじ）むまでには、少しだけ時間がかかる。

魔力が馴染んでいない状態の『鎧の異形』は、再生能力も戦闘能力も低い。

そこで、炎と煙によって『鎧の異形』の姿を隠し、結界によって魔力を隠すことで、『鎧の異形』が龍脈に馴染むまでの時間を稼ごうという訳だ。

やはり上級魔族だけあって、それなりに戦い慣れているな。


「そろそろ来るかもしれない。不意打ちに気をつけてくれ」

「はい！」


この状況で警戒すべきは、上級魔族本人と『鎧の異形』による挟み撃ちだ。

まず上級魔族が攻撃を仕掛け、それと同時に結界魔法を解除する。

そうすれば『鎧の異形』達は一番近くにいる人間――つまり俺達に狙いを定めるため、俺達は上級魔族と『鎧の異形』の群れを同時に相手しなければならないという訳だ。

まだ『鎧の異形』が未完成であれば、やりやすいのだが……。

襲撃が発覚してからここに来るまでにかかる時間を考えると、恐らく『鎧の異形』はもうほとんど完成状態といっていいだろう。

結界さえ解除すれば、すぐにでも動ける状態のはずだ。


そして魔族は恐らく、不意打ちを仕掛けてくる。

戦い慣れた者は基本的に、戦う場所とタイミングを自分で選びたがるからな。

挟み撃ちにもっとも適したタイミングで、攻撃を仕掛けてくることだろう。


そう考え、警戒しながら『禁忌の大牢獄』へと移動を続ける途中――。

俺達の頭上数十メートルの位置で、突如まばゆい光が生まれた。


とっさに俺が結界魔法を展開すると、空から降った光の柱が結界に当たる。

光の柱は結界を破壊しきれず、空へと消えていった。


――『光の裁き』。

前兆がほとんどなく、発動が極めて速い攻撃魔法だ。

その上、発動するのが頭上数十メートルという死角のため、見てから反応するのも難しい。

まさに奇襲のためにあるような魔法といっていいだろう。

この魔法を選ぶとは、やはり敵は戦い慣れているようだ。

そう考えつつ、俺は背後を振り向いた。

そこには、魔族がいた。


「へえ。今のを防ぐんだ」


そう言って魔族は、驚いたような顔をして俺達を観察する。

それから……にっこりと笑って、俺達に告げた。

「俺はマイジギース。殺されに来てくれたのが、君達みたいな相手でよかったよ。……正直、相手が弱すぎて退屈してたんだ」


そう告げながらマイジギースが、指をパチンと鳴らす。

すると……『禁忌の大牢獄』の中にあった結界魔法の魔力反応が消えた。

どうやら、挟み撃ち狙いで間違いなさそうだな。


となると……このまま話に付き合うのは悪手というものだろう。

一刻も早くマイジギースを殺し、敵を『鎧の異形』だけにしておきたいところだ。

そう考え、俺は剣を構えて突っ込む。

「人間風情(ふぜい)が、このマイジギース様を殺せるとでも？」

そう言ってマイジギースが、剣を構える。

その構えは、どう見ても防御的な——攻撃を防ぐことに特化した構えだった。

俺の攻撃をしっかりと受け止められる体勢を整えつつ、いつルリイやアルマ、イリスが攻撃を仕掛けてきても、魔法によって対処できるようになっている。

さらに、武器も防御的だ。

マイジギースの剣は異常なまでに刃が分厚く、付与されている魔法は盾に使うような防御強化系の魔法ばかりだった。

これでは、ろくに斬れないだろう。

剣の形をした盾を持っているようなものだ。

恐らく、攻撃は『鎧の異形』に任せて、マイジギース本人は俺達の退路を塞ぎ、攻撃をさばく……という戦闘スタイルだな。

30体以上の『鎧の異形』を率いる数の有利を活かした、合理的な戦術だ。

間もなく『鎧の異形』が到着し、俺達は背後からの攻撃を受けることになる。

俺達のパーティーには前衛が俺とイリスしかいないので、俺がマイジギースと1対1で戦うとなると、イリス一人で30体近い『鎧の異形』を抑え込むことになるが……それは無理というものだ。

つまり、その挟み撃ちの状況を作られた時点で、俺達の死が確定する。

そう考えつつ俺は、大上段に剣を構えてマイジギースへと踏み込んだ。

「攻撃が直線的だね。……戦い方、教えてあげようか？」

マイジギースはおちょくるようなことを言いながら、剣を横に構えて俺の剣を受け止めた。

それと同時に、マイジギースの剣の刃先付近に、小型の結界魔法が展開される。

さらにマイジギースの剣には『硬化』『靭性強化』などの、防御系エンチャントが８重にもかけられていた。

エンチャント自体は基本的なものであっても、上級魔族の力でかけたエンチャントであれば、通常の人間のエンチャントとは比べものにならない効果を発揮する。

普通の魔法使いが防御系の魔法を５つ重ねがけしたところで、マイジギースの『硬化』にすら敵わないだろう。

それが８重付与ともなれば、凄まじい強度が出て当然だ。


剣の構えも、もし俺の大上段がフェイントでも対応できるような、柔軟なものだ。

侮ったようなことを言いつつも、しっかりと防御対策はしているという訳か。

そんな感想を抱きつつ、俺はただ真っ直ぐに剣を振り下ろしながら、『斬鉄』などの攻撃系エンチャントを発動する。


刃先を守る結界魔法、耐久性しか見ていない分厚い刃、まるで盾に使うような付与魔法、さらに重ねがけした防御系エンチャント。

その全てと、俺の剣が激突する。

剣と剣がぶつかり合う音はしなかった。

代わりに、サクッという音が響き——マイジギースの剣が、真っ二つに両断された。

「……え？」

マイジギースが驚きの声を上げ、表情を固める。何が起こったか分からないという顔だ。

その固まったままのマイジギースを、ほとんど勢いの落ちていない俺の剣が両断した。

一瞬遅れて、マイジギースの体が縦にずれる。

「直線的な攻撃で悪かったな。……わざわざ小細工する必要がなかっただけなんだが」

俺の声は、すでに絶命したマイジギースには聞こえていない。

『鎧の異形』と違って、魔族は体を縦に真っ二つにされれば死ぬのだ。

「え……今、何が起きたの？」

アルマが困惑の声を上げた。

以前は強敵だった上級魔族があまりにあっさり死んだことに、拍子抜けしたような顔だ。

だが別に、特別なことは何もやっていない。


「……やっぱり、いい剣だな」


俺はそう言って、ルリイが打った剣を見る。

今俺がやったのは、実に基本的な剣術でしかない。

ただ剣を大上段に構え、体重と力をしっかり乗せて振り下ろし、敵の剣と当たる直前で『斬鉄』などの威力強化魔法を乗せる。

本当に、それだけだ。『特殊魔力エンチャント』すら使ってはいない。

敵が使っていた武器は、アロイニウムを含まないただのオリハルコン合金だった。

オリハルコン合金も優秀な金属ではあるが……俺の剣とはレベルが違う。

さらに、ここ数ヶ月間を迷宮の深層での鍛錬に費やした俺のエンチャント魔法が合わさった結果、マイジギースの剣が切断されたという訳だ。


そう考えつつ俺は、後ろを振り向く。

魔族は倒したが、まだ戦いは終わっていない。


「……ここからが本番だな」


俺の視線の先には、1体の『鎧の異形』がいた。

遠目には、ただの鎧を着た人間に見えるが——兜越し(かぶとご)に見える目は赤く輝いており、異常に発達した魔力回路が全身に走っているのが分かる。


そして——何よりも異常なのは、その魔力反応だ。

『受動探知』に映る『鎧の異形』の魔力反応は、まるでむき出しの龍脈が地上に現れたかのような、荒々しい魔力の集まりだった。

生物の魔力反応には絶対になくてはならない『秩序』が、全く感じ取れない。

「いっぱいいるけど、こっちに来たのは1体だけみたいだね。……このくらいなら、何とかなるかも？」

向かってきた『鎧の異形』を見て、アルマがそう呟いた。

恐らく、今目の前にいるのは、生前は索敵を得意とした囚人だったのだろう。

『鎧の異形』は素体の特徴を引き継ぐので、索敵能力にも差が出るという訳だ。

その結果、1体だけが俺達の前に姿を現した。

いくら魔力反応がおかしいとはいっても、元はただの人間なので、1体なら簡単に倒せるように見えるかもしれない。

だが『鎧の異形』は、そんなに甘い存在ではない。

「1体でも十分に厄介だぞ。……試しに、射ってみてくれ」

俺達と『鎧の異形』の間にある距離はおよそ200メートル。

失格紋の俺にとっては遠すぎるが、アルマにとっては射程内だ。

「分かった！」

そう言ってアルマが矢を4本まとめて弓につがえ、『鎧の異形』に向けて放った。
4本の矢は全て別々に誘導され、防ぎきれない軌道で『鎧の異形』へと向かう。
そんなアルマの矢を見て——『鎧の異形』は剣を抜いた。
『鎧の異形』の関節がありえない方向に曲がり、4本の矢をまとめて叩き落とす。

「え⁉　今のを全部落とすの⁉」

今の矢は、人間の剣技では防ぎきれないはずだった。
関節の構造上、絶対に4本全てに剣を届かせることができない軌道だったのだ。
だが『鎧の異形』は、それを簡単に防いだ。
明らかに、人間ではありえない動きで。
そんな『鎧の異形』を見て、アルマはうろたえながらも次の矢をつがえる。
今度の矢は1本だ。死角を狙うのはあきらめて、威力で押しきろうという作戦だろう。

しかし——『鎧の異形』はそれを許さなかった。

「コロス」

『鎧の異形』はひと言そう呟くと、一歩踏み込んだ。
たった一歩の踏み込みで、２００メートル近くあった距離が、一瞬で半分になる。

ありえない身体能力。
これこそ『鎧の異形』が人間ではなく、龍脈の一部である証だ。
その力は、龍脈の魔力を異常に増加させる『龍脈瘤』の影響によって、強制的に強化されていた。

「は、速っ……！」

アルマが驚きの声を上げながら横に跳んで、『鎧の異形』から逃れようとする。
だが『鎧の異形』は、それを許さなかった。
『鎧の異形』は凄まじい勢いで移動しながらも方向を修正し、アルマを追う。

もちろん、俺がそれを黙って見ている訳もない。
俺はアルマを狙う『鎧の異形』の前へと割り込み、剣を振るう。
『鎧の異形』はそれを剣で防ごうとしたが、オリハルコン・アロイニウム合金の刃は『鎧の異形』の首を、その手に持った剣ごと切断した。

首を切断された『鎧の異形』は動きを止めて、その場に崩れ落ちる。

「た、倒した……？」

「でも、魔力反応が消えてません！」

倒れた『鎧の異形』を見て、アルマとルリイがそう言葉を交わす。
……ルリイが言う通り『鎧の異形』には、まだ魔力反応が残っている。
それはつまり、まだ死んではいないということだ。

「ってことは……もっと派手に壊せばいいんですね！」

そう言ってイリスが、手に持った槍を『鎧の異形』に向かって振った。

イリスの圧倒的な力で振るわれる槍は、動きを止めていた『鎧の異形』をバラバラに壊しながら、数十メートルも吹き飛ばす。

だが……。

「魔力反応が、全然変わらない……？」

バラバラになった『鎧の異形』を見ながら、ルリイが困惑の声を上げた。

そんな中――『鎧の異形』の破片は一箇所に集まり、ギチギチと音を立てて接合されていく。

ものの５秒もしないうちに、『鎧の異形』は完全に元の姿を取り戻し、俺達の方へと歩き始めた。

「やはり、もう再生能力は万全か……」

どうやら『鎧の異形』は、すでに完全に龍脈に馴染み、龍脈の一部と化していたようだ。

こうなってしまうと、もう肉体をどんなに破壊したところで、『鎧の異形』は復活する。

たとえイリスの『竜の息吹』で灰も残らない状態に焼き尽くしたとしても、結果は変わらないだろう。


これを殺す――いや『壊す』のは、龍脈の一部を破壊するのと同じだ。

そのための魔法はいくつかあるのだが――その多くは、『人食らう刃』か『人壊す鎧』を使って龍脈に接続しなければ使えない魔法だ。

だが『龍脈瘤』によって異常な魔力が龍脈に供給されている今、それをするのは自殺行為としか言いようがない。


そう思考を巡らせていると――遠方に、30対ほどの赤く光る目が現れた。

『鎧の異形』の目が発する光だ。

それは全て、俺達の方を向いていた。


どうやら『鎧の異形』が、仲間を呼んだらしい。

いや、仲間を呼ぶまでもないか。

『鎧の異形』は全て龍脈の一部であり、いわば1つの体を共有しているようなものなのだから。

「全く、面倒なことをしてくれたものだな」

俺はそう呟いて、魔法を構築し始めた。

今の状況で使える魔法は、実質一つだけだ。

使い勝手が悪い魔法なので、できれば使いたくなかった術式だが……そこは技術でカバーするとしよう。

あとがき

はじめましての人ははじめまして。そうでない人はこんにちは。進行諸島(しんこうしょとう)です。

初めて手にとっていただいた方に向けて軽く説明いたしますと、本シリーズは強さを求めて転生した主人公が、技術の衰退(すいたい)した世界の常識を破壊しつくしながら無双するシリーズとなっております。

それはもう、圧倒的に無双します！

どのように無双するかは……しっかり書くには後書き欄(らん)が短すぎるので、本編をお読みいただければと思います！

ということで本シリーズも、もう12巻まで来ました。

漫画版の部数を合わせると２５０万部突破ということで、誠にありがとうございます。

ここまで来ることができたのは読者の皆様のおかげです。ありがとうございます。

マティアス達の無双はまだまだ続いていきます。

本は逃げないので、読者の皆様におかれましても、どうかご自愛いただきつつ次巻を待っていただければと思います。

この後書きを書いている今、世間は大変な状況になっていますが、一刻も早く素直にお祝いできる時代が来ることを祈っております。


謝辞（しゃじ）に入りたいと思います。

テレワークで作業環境が不安定になる中、書き下ろしや修正などについて、的確なアドバイスをくださった担当編集の皆様。

素晴らしい挿絵を書いてくださった風花風花（かざばなふうか）様。

漫画版を描いてくださっている、肝匠（かんしょう）先生、馮昊（ひょうこう）先生。

それ以外の立場から、この本に関わってくださっている全ての方々。

そしてこの本を手にとってくださっている、読者の皆様。

この本を出すことができるのは、皆様のおかげです。ありがとうございます。

13巻も、今まで以上に面白いものをお送りすべく鋭意（えいい）製作中ですので、楽しみにお待ちください！

最後に宣伝(せんでん)を。

私がＧＡノベル様から刊行している他シリーズの『異世界賢者の転生無双』５巻が、今月同時発売になります。

こちらも爽快感(そうかいかん)あふれる主人公最強ものですので、興味を持っていただけた方がいましたら、ぜひ手にとっていただけたらと思います。

それでは、次巻でも無事に皆様とお会いできることを祈りつつ、後書きとさせていただきます。

進行諸島

失格紋の最強賢者 12
～世界最強の賢者が更に強くなるために転生しました～

2020年5月31日　初版第一刷発行
2021年2月10日　　　　第三刷発行

著者　進行諸島

発行人　小川 淳

発行所　SBクリエイティブ株式会社
〒106-0032　東京都港区六本木2-4-5
03-5549-1201　03-5549-1167(編集)

装丁　AFTERGLOW

印刷・製本　中央精版印刷株式会社

ISBN978-4-8156-0652-7
Printed in Japan

ファンレター、作品のご感想をお待ちしております。

〒106-0032　東京都港区六本木 2-4-5
SBクリエイティブ株式会社
GA文庫編集部 気付

「進行諸島先生」係
「風花風花先生」係

本書に関するご意見・ご感想は
下のQRコードよりお寄せください。
※アクセスの際に発生する通信費等はご負担ください。

試読版は
こちら!

ここは俺に任せて先に行けと言ってから
10年がたったら伝説になっていた。5

著：えぞぎんぎつね　画：DeeCHA

王都のどこかに密偵がいるのではないかと疑い始めたラックたちは議論の末、狼の獣人族の村に出入りする物売りなどが怪しいと判断する。早速ラックはケーテの背に乗せてもらい、そこに向かうことにした。果たして懸念は的中し、彼は潜入していた密偵を始末したり、ヴァンパイアたちの襲撃を退けていく。

だが、事態はそれだけで終わらない。今回倒したヴァンパイアの死骸から、王都を丸ごと吹き飛ばせる威力を持つ魔道具と、敵が次々現れる魔法陣を見つけたラックは、迷わず彼らが出てきた魔法陣へと飛び込む。果たして、そこでラックを迎えたのは……比類なく強大なヴァンパイア・真祖!!　王都の民を丸ごと生贄にするつもりという真祖とラックが——いま、激突する!!

試読版は
こちら!